Astrid Lindgren
Rasmus, Pontus
und der Schwertschlucker

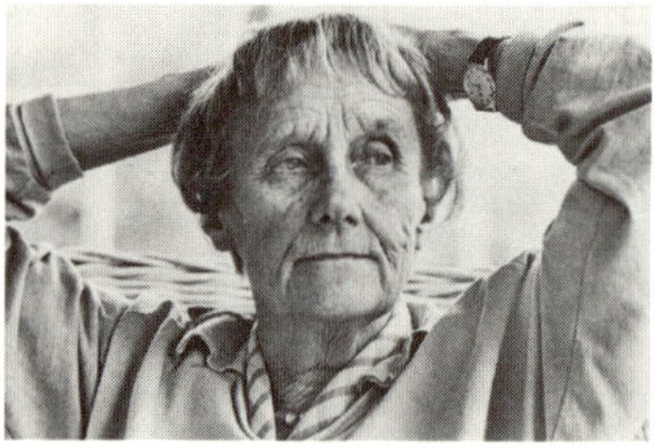

© Roine Karlsson

Astrid Lindgren, »die bekannteste Kinderbuchautorin der Welt« (DIE ZEIT), wurde 1907 auf Näs im schwedischen Småland geboren und starb 2002 in Stockholm. Viele ihrer Bücher wie ›Pippi Langstrumpf‹, die ›Karlsson‹-Bände, ›Die Kinder aus Bullerbü‹, ›Ferien auf Saltkrokan‹ oder ›Die Brüder Löwenherz‹ sind längst zu Klassikern der Kinderliteratur geworden. Für ihr Werk erhielt sie neben zahlreichen anderen nationalen und internationalen Auszeichnungen auch den Friedenspreis des Deutschen Buchhandels, den internationalen Kinderbuchpreis, die Hans-Christian-Andersen-Medaille und mehrmals den deutschen Jugendliteraturpreis.

Astrid Lindgren

Rasmus, Pontus und der Schwertschlucker

Mit Illustrationen von Horst Lemke
Aus dem Schwedischen von Thyra Dohrenburg

dtv

Ausführliche Informationen über
unsere Autoren und Bücher
www.dtv.de

MIX
Papier aus verantwortungsvollen Quellen
FSC® C019821

Ungekürzte Ausgabe
2019 dtv Verlagsgesellschaft mbH & Co. KG, München

Titel der Originalausgabe: »Rasmus, Pontus och Toker«

Umschlagbild: Katrin Engelking
Gesetzt aus der Baskerville
Gesamtherstellung: Druckerei C.H.Beck, Nördlingen
Printed in Germany · ISBN 978-3-423-71829-5

In der Bankreihe ganz vorn am Fenster saß ein munterer, blauäugiger Junge mit strubbeligem Haar. Rasmus hieß er, Rasmus Persson, elf Jahre alt war er und der einzige Sohn des Polizisten Patrik Persson in Västanvik.

»Mein Rasmus ist der Liebling aller Lehrer«, sagte sein Vater zu jedem, der es hören wollte.

Doktor Fröberg, der Mathematiklehrer, schien es nie gehört zu haben, sonst hätte er wohl nicht an diesem sonnigen Maitag mit dem Liebling aller Lehrer so geredet, wie er es tat. Es war in der ersten Klasse der alten Realschule von Västanvik.

»Kleiner Lümmel ... ja, ja, du, Rasmus Persson!«

Rasmus schnellte aus der Bank hoch und schaute seinen Lehrer schuldbewusst an.

»Weshalb hast du Stig deinen Kaugummi an den Kopf geworfen? Findest du, dass sich das mitten in der Stunde gehört?«

Rasmus hätte antworten können, weil Stig ihm mitten in der Stunde mit seinem Lineal in die Rippen gepikt hat, müsse die Bestrafung auch während des Unterrichts erfolgen, da half alles nichts. Aber er schwieg. Stig war so vernünftig gewesen darauf zu achten, dass der Lehrer vorn an der schwarzen Tafel mit dem Rücken zur Klasse stand. Nun saß er auf seiner Bank und tat sehr brav und fleißig.

»Na«, sagte Doktor Fröberg, »bekommt man vielleicht eine kleine Erklärung, weshalb du Stig mit Kaugummi bombardierst? *Irgendeine* Erklärung wird es doch wohl geben?«

»Ich hatte nichts anderes«, murmelte Rasmus. »Das Tintenfass hab ich mich nicht getraut zu nehmen.«

Doktor Fröberg nickte nachdenklich.

»Tatsächlich nicht? Hoffentlich hat dich nicht mein bisschen unwesentlicher Mathematikunterricht daran gehindert? Du musst doch schließlich das Recht haben, mit Tintenfässern zu schmeißen, wenn du Lust hast.«

»Ja, aber ich brauche es in der nächsten Stunde, dann haben wir Rechtschreibung«, murmelte Rasmus. Doktor Fröberg war sein Lieblingslehrer, aber er war unangenehm, wenn er ironisch wurde. Dann wusste man nicht, ob er wollte, dass man im selben Ton antwortete oder dass man schwieg und alles hinnahm.

Doktor Fröberg nickte wieder.

»Aha, sieh mal einer an. Dann solltest du dir jetzt draußen auf dem Flur eine kleine Ruhepause gönnen, finde ich, sonst hast du in der nächsten Stunde vielleicht keine Kraft, mit Geschossen um dich zu werfen. Rechnen kannst du ja dann ruhig an einem anderen Tag.«

Rasmus ging gehorsam zur Tür. Es war nicht das erste Mal, dass er hinausgeworfen wurde. Die Lehrer hatten eine sonderbare Neigung, ihren Liebling hin und wieder vom Unterricht auszuschließen.

Pontus zwinkerte ermunternd, als Rasmus an seiner Bank vorüberkam. Und Rasmus zwinkerte zurück. Pontus war sein Freund und treuer Begleiter durch dick und dünn. Liebend gern wäre er Rasmus in die Verbannung gefolgt, das merkte man.

Aber diese Ruhepausen draußen auf dem Flur sollte man dazu verwenden, ein wenig über sich selber nachzudenken, behauptete Doktor Fröberg, und dazu musste man natürlich allein sein. Rasmus begriff nicht so recht, weshalb der Lehrer wollte, man solle über sich selber nachdenken. Da gab es schließlich manches, was mehr Spaß machte, und über Rasmus Persson gab es wirklich nicht viel nachzudenken, fand Rasmus. Aber wenn der Lehrer es nun einmal verlangte, konnte er ja ein bisschen nachdenken.

Der Flur war still und leer. Nur ein ganz, ganz leises Gemurmel drang aus den Klassenzimmern. Rasmus schwang sich auf die Fensterbank, wo er immer saß, wenn er hinausgeworfen worden war, und wo vermutlich im Laufe der Zeit ganze Generationen von Jungen gesessen und ihre Sünden bereut hatten. Er versuchte ehrlich, über sich selber nachzudenken, aber es war hoffnungslos uninteressant. Nachdem er herausgefunden hatte, dass er in Rechnen jämmerlich schlecht war und dass man anderen Leuten keine Gegenstände an den Kopf werfen dürfe und dass er Stig eigentlich gleich mit dem Tintenfass hätte bewerfen müssen – als er dies alles eingesehen hatte, schwenkten seine Gedanken in eine andere Richtung ab. Dies Gemurmel aus den verschiedenen Klassenzimmern, wenn man das nun in einem Verstärker auffangen und dann wieder in eine Art Verteiler hineinstopfen könnte, so dass es in lauter kleine Stückchen zerfiele und 'ne ganze Masse deutsche Präpositionen, Rüssel- und Borkenkäfer und Nebenflüsse da herauspurzeln würden! Eigentlich sollte es nicht unmöglich sein, so etwas wie einen feineren Gelehrsamkeitsapparat zu erfinden, der mit all diesem Mumpitz voll gepfropft wäre, den man nach Ansicht der Lehrer wissen müsste, so 'ne Art Pumpe, die einem jeden Morgen eine genügende Menge Gelehrsamkeit in den Schädel pumpte. Dann wäre man für den Rest des Tages frei und könnte sich ein bisschen amüsieren.

Er warf einen langen Blick in die Freiheit und auf den klaren Maitag draußen vor den Mauern des Schulhauses. Die Sonne schien über der Stadt und es war Mai, die Zeit des Flieders. Da war es selbst in Västanvik schön. Wo man auch ging, überall gab es eine Flut von Flieder. Auch die Kastanien blühten jetzt gerade und alle Gärten des

Ortes quollen von rosa und weißen Apfelblüten über, unter denen die hässlichen kleinen Häuser verschwanden wie Tortenstücke unter Schlagsahne. Sogar die Polizeiwache, die Rasmus von seinem Fenster aus sehen konnte, war richtig heimelig, mit blühendem Geißblatt überwachsen, und sah gar nicht so schreckeinflößend aus, wie man es von einer Polizeiwache erwartete. Hätte er nun ein Fernglas gehabt, dann hätte er beinahe seinen Vater drinnen in der Revierstube sehen können. Nein, so starke Ferngläser gab es wohl nicht und ein Glück war das, sonst hätte sein Papa wohl auch eins gehabt, und in diesem Augenblick hielt Rasmus es für das Beste, dass die väterlichen Augen ihn nicht erreichten.

Er sah auf die Straße hinunter. Dort wäre er gern gewesen. Heute war Frühjahrsmarkt und viele Leute waren unterwegs. Es war wirklich ein Elend, dass man hier saß, während man so viel unternehmen könnte, wenn man frei hätte. Zu allem Überfluss ertönte jetzt von weit her Musik. Es war ein Blasorchester, das auf dem Marktplatz spielte, festliches Geschmetter, durch das der Sonnenschein noch blanker wurde und der blaue Himmel noch fröhlicher. Alle Kinder auf der Straße liefen sofort in Richtung Marktplatz wie eine Herde Kälber, die von einem Schwarm Bremsen verfolgt werden. Klar, die Volksschule hatte heute frei! Rasmus' Gemüt war von Gram erfüllt. Zu spät sah er ein, dass er hätte in der Volksschule bleiben und sich nicht verleiten lassen sollen in der Realschule anzufangen. Er merkte plötzlich, wie herzlich wenig er sich aus allen höheren Lehranstalten und aus allen Lehrern machte. Sie waren nichts als Gefängnisaufseher, die einen daran hinderten, seinen Spaß zu haben.

Aber jetzt war er ungerecht. In der Lehrerzunft gab es auch edle Männer.

Der alte, gütige Direktor der Realschule von Västanvik hatte sicherlich auch gemerkt, dass die Maisonne mit seltener Klarheit schien und dass Jahrmarkt in der Stadt war. Und daher war ihm der allerglücklichste Einfall gekommen. Gerade während Rasmus so dasaß, das Herz voller Ungerechtigkeit gegen die ganze Lehrerschaft, beschloss der Direktor Boten in die verschiedenen Klassenzimmer zu schicken, Boten mit folgenden wunderbaren Worten, auf einen kleinen Zettel gekritzelt mit der steilen Handschrift des Direktors: »Wegen des schönen Wetters heute die beiden letzten Stunden frei.«

Die, die den unteren Klassen den Bescheid überbrachte, war niemand anderes als Prick, Rasmus' große Schwester. Sie war sechzehn Jahre alt und ging ins Gymnasium, aber jetzt kam sie den Flur der Realschule entlanggelaufen, dass der blonde Pferdeschwanz wippte. Rasmus hoffte, er sehe eine Erscheinung. Große Schwestern waren so ungefähr die Letzten, denen man begegnen wollte, wenn man hinausgeworfen worden war.

Aber Prick war so wirklich wie nur möglich und sie hatte bereits bemerkt, dass die Gestalt in blauer Leinenhose und kariertem Hemd, die dort auf der Fensterbank saß und sich bemühte harmlos auszusehen, niemand anders war als der Herzensbruder, den sie so sehr liebte und mit dem sie sich so oft zankte.

»Was tust du hier?«, fragte Prick streng.

»Ich bin rausgegangen um mich zu rasieren«, sagte Rasmus. »Und du?«

Prick warf ihm einen vernichtenden Blick zu.

»Gib nicht so an! Was machst du hier? Antworte!«

»Ich denke«, sagte Rasmus. »Ich sitze einfach nur da und denke. Befehl vom Doktor.«

Prick machte ein erstauntes Gesicht.

»Soo? Woran denkst du denn, wenn ich fragen darf?«

»Geht dich nichts an«, sagte Rasmus. »Ich denke jedenfalls nicht an Joachim, wie gewisse andere Leute es morgens, mittags und abends tun.«

Prick schnaubte und verschwand im Klassenraum der Ersten. Kurz darauf hörte Rasmus ein mächtiges Grölen von dort drinnen, einen gewaltigen Jubel, und im selben Augenblick läutete die Schulglocke. Das Getöse wurde stärker und aus allen Klassenräumen strömten Horden von Jungen. Sie drängten zum Ausgang und in die Freiheit mit dem gleichen eisernen Eifer wie Schiffbrüchige zum Rettungsboot: Hier kam es auf jede Sekunde an! Aber Rasmus blieb unschlüssig stehen. Er wagte nicht zu gehen, bevor der Lehrer sich geäußert hatte.

Und Doktor Fröberg, der jetzt aus der Klasse kam, machte Halt, als er den Sünder erblickte, der mit reuevoller Miene dastand. Er zupfte Rasmus am Ohr.

»Na?«, sagte er.

Rasmus gab keine Antwort, aber Doktor Fröberg las in seiner Jungenseele, wie inbrünstig er sich von hier wegsehnte. Und da der Lehrer ein weiser Mann war, schmunzelte er gütig und sagte:

»Lassen wir also die Gefangenen frei ... es ist Frühling!«

Und da standen sie nun vor der Schule, zwei freigelassene Gefangene in dem himmlischen Sonnenschein des Frühlings.

»Kopf oder Wappen«, sagte Rasmus und hielt Pontus eine Fünföremünze unter die Nase. »Wird's Kopf, dann gehen wir zum Läusemarkt, und wird's Wappen, gehen wir auch zum Läusemarkt. Wenn der Fünfer aber hochkant stehen bleibt, dann gehen wir nach Hause und machen Schularbeiten.«

Pontus kicherte zufrieden.

»Ja, das ist nicht mehr als recht und billig. Wir wollen nur hoffen, dass er sich hochkant stellt. Das müssen wir wirklich hoffen.«

Rasmus warf den Fünfer hoch in die Luft und er schlug mit einem kleinen Klirren auf dem Bürgersteig auf. Rasmus bückte sich und lächelte breit.

»Nee, der steht nicht hochkant! Aus den Schularbeiten wird nichts.«

Pontus kicherte wieder.

»Das ist Schicksal«, sagte er, »und dagegen darf man sich nicht auflehnen. Der Läusemarkt hat gewonnen. Komm, wir gehen.«

Der Läusemarkt war der uralte Marktplatz des Städtchens, wo seit Jahrhunderten Rosstäuscher und Viehhändler zum Frühjahrsmarkt zusammenkamen. Wanderzirkusse, Menagerien und Schaubuden kamen ebenfalls. Alles, was das friedliche Västanvik an Abenteuerlichem aufnehmen konnte, das gab es hier. Schon in der Luft lag etwas Abenteuerliches: so etwas wie ein Geruch von altem Pferdemist, der sich nie verzog, und der Klang alter Drehorgeln, der niemals verstummte, und die Erinnerung an leidenschaftliche Messerstechereien und wildes Zigeunerleben vergangener Zeiten war hier noch lebendig.

Heutzutage ging es allerdings ruhiger zu. Marktfreudige Bauern von den Dörfern ringsum versammelten sich hier, wie sie es immer getan hatten, um Ferkel zu kaufen und Kühe einzutauschen. Aber es erschienen nicht mehr so viele Rosstäuscher, da es nicht mehr so viele Pferde zum Verschachern gab. Trotzdem kamen nach wie vor Männer mit klapprigen Mähren, die sie Probe ritten, dass ihnen der Schweiß nur so herunterlief. Auch noch heute blühte das Marktleben. Karussells drehten sich, an den Schießbuden knallten Schüsse und sonderbare Fremdlinge, die sich in sonderbaren, fremden Sprachen unterhielten, wohnten in Wohnwagen rings um den ganzen Läusemarkt. Und immer noch war für jedes Kind in Västanvik der Frühlingsmarkt ein Abenteuer ohnegleichen.

Der Name »Läusemarkt« war ein Überbleibsel aus alter Zeit und heutzutage ganz ungerechtfertigt. In den kleinen, baufälligen Holzhäusern, die den Marktplatz einrahmten, gab es kein Ungeziefer. Jedenfalls wurde es von den Leuten, die hier wohnten, entrüstet abgestritten. Aber trotzdem fiel es keinem Menschen ein, den Läusemarkt bei seinem richtigen Namen zu nennen – Västanmarkt.

Der Fünfer hatte sich geweigert sich hochkant zu stellen, also trabten Rasmus und Pontus los in Richtung Läusemarkt. Das Leben war schön und der Tag war lang, sie hatten keine besondere Eile. Sie legten sich die Arme freundschaftlich um die Schultern und schlenderten auf der Straße dahin, wobei ihnen die verhassten Schulbücher an Lederriemen um die Beine baumelten. Da kam ihnen ein kleiner schwarzer Rauhaardackel entgegen, so schnell ihn seine kurzen Beine tragen konnten.

»Guck mal, da kommt Toker«, sagte Pontus.

In Rasmus' Augen trat ein warmer Schimmer. Toker war sein eigener, heiß geliebter Hund. Als Rasmus ihn sah, freute er sich so, dass es beinah wehtat, aber er sagte vorwurfsvoll:

»Toker, du weißt doch, dass du nicht einfach von zu Hause weglaufen darfst.«

Der Hund blieb schuldbewusst stehen. Den einen Vorderlauf zweifelnd erhoben, stand er still da und sah sein Herrchen an. Und Rasmus sah Toker an und sagte mit einer Stimme, die voller Zärtlichkeit war:

»*Eigentlich* darfst du nicht von zu Hause weglaufen, verstehst du, Toker! Aber nun komm schon her!«

Und Toker kam. Er preschte los, glücklich in jeder Faser seines kleinen Hundekörpers, weil ihm verziehen worden war. Der Schwanz peitschte durch die Luft, er bellte, so laut er konnte, er war der glücklichste Hund der Welt. Und Rasmus bückte sich und nahm ihn in die Arme.

»Was bist du doch für ein kleiner dummer Hund, Toker«, sagte er und streichelte immer wieder den dunklen Hundekopf.

Pontus sah neidvoll zu.

»Du kannst wirklich froh sein, dass du einen eigenen Hund hast.«

Rasmus drückte Toker noch fester an sich.

»Ja, das bin ich auch. Er gehört mir ganz allein. Und wenn Prick noch so sehr versucht sich bei ihm einzuschmeicheln.«

Kaum hatte er das gesagt, da kam seine Schwester auch schon um die Straßenecke. Sie war nicht allein. Sie hatte diesen Joachim von Rencken bei sich, in den sie zurzeit verliebt war, und war im Augenblick, wie es aussah, vollauf damit beschäftigt, sich bei ihm einzuschmeicheln. Rasmus stieß Pontus viel sagend in die Seite.

»Guck mal, die beiden da! Wenn die Liebe die Leute überfällt, verlieren sie den Verstand.«

Es war beklemmend mit anzusehen, wie ein Mitglied der eigenen Familie sich so albern benahm. Dort ging Prick und hielt Joachim bei der Hand. Sie schauten sich in die Augen und lachten und merkten überhaupt nicht, dass noch jemand anders auf der Straße war.

»Prick, du bist die Reizendste von allen«, sagte Joachim, und zwar so deutlich, dass alle Welt es hören konnte. »Ich bin ganz verrückt nach dir!«

Rasmus und Pontus prusteten los. Das holte die Verliebten in die Gegenwart zurück. Sie wurden sich bewusst, dass sie nicht allein auf der Welt waren.

»Pontus, du bist der Reizendste von allen«, sagte Rasmus und sah Pontus schmachtend in die Augen.

»Rasmus, ich bin ganz verrückt nach dir«, versicherte Pontus.

Prick lachte.

»Muss man unbedingt Brüder haben?«, fragte sie Joachim verzweifelt.

Eigentlich wollte sie sehr gern Brüder haben, jedenfalls gerade dies wilde kleine Füllen von einem Bruder mit den munteren Augen, dem sie in ihrem tiefsten Innern so gut war und den sie geliebt und geknuddelt hatte, seit er in der Wiege gelegen hatte. Außerdem war es wunderbar, hier in der Maisonne mit Joachim zu gehen und die Reizendste von allen zu sein. Was machte sie sich schon daraus, ob ein paar kleine Jungen sie hänselten? In einem Überschwang an Frühlingswonne schlang sie die Arme um Rasmus und drückte ihn schnell einmal fest an sich.

»Aber er ist doch ein lieber Kerl«, sagte sie, »der hier.«

Ihr lieber Kerl von einem Brüderchen wehrte

sich aus Leibeskräften. Das war entsetzlich! So eine wie Prick, die dürfte nicht frei rumlaufen. Nichts als Schande machte sie sich und unschuldigen Menschen, die nichts dafür konnten, dass sie gerade diese Schwester bekommen hatten.

»Lass mich los!«, schrie Rasmus mit einer Stimme, die vor Empörung ganz schrill klang. »Versuch dich wenigstens auf der Straße zu beherrschen!«

Prick lachte weich und spöttisch, dann fasste sie Joachim wieder bei der Hand und vergaß, dass sie einen Bruder hatte.

»Au Junge«, sagte Pontus und sah Prick und Joachim nach. »Ganz bei Trost sind die ja nicht! Dass man bloß nie wie die wird!«

Rasmus lachte über einen so hirnverbrannten Gedanken.

»So wie die werden? Na, zum Glück besteht keine Gefahr!«

Toker sprang um ihn herum und bellte eigensinnig. Er war offenbar der Ansicht, dass ein kleiner Hund, der von zu Hause ausgerückt war nur um seinem Herrn entgegenzulaufen, nicht dazustehen und zuzusehen brauchte, wie Leute sich gegenseitig umarmten. Wenn einer umarmt werden musste, so war *er* es. Das fand sein Herrchen auch. Wieder zog er Toker fest an sich, er streichelte ihn und sagte mit der allerzärtlichsten Stimme:

»Ja, wie bist du lieb, Toker.«

Da kicherte Pontus.

»Versuch dich wenigstens auf der Straße zu beherrschen – sagtest du das nicht eben?«

»Tsss«, sagte Rasmus. »Mit 'nem Köter ist das schließlich ganz was anderes.«

Dann schwieg er plötzlich. Er horchte. Jetzt war diese verführerische Blasmusik wieder zu hören. Sie kam vom Marktplatz drüben, aber sie kam näher. Näher und näher kam sie und jetzt rollte langsam ein Lastauto auf der Straße heran. Auf der offenen Ladefläche saßen sieben Jungen vom Orchester der Volksschule und bliesen aus vollen Kräften. Ihre Messinginstrumente funkelten in der Sonne und mit viel Gepruste quetschten sie den »Einzug der Gladiatoren« aus ihnen heraus. Västanviker Kinder jeden Alters folgten der Spur der Gladiatoren. Sie marschierten im Takt mit den fröhlichen Klängen hinter dem Lastauto her und lasen voller Seligkeit, was auf den großen Plakaten stand, die an den Seitenwänden des Wagens angenagelt waren. Rasmus und Pontus lasen es auch.

Besucht den Vergnügungspark auf dem Västanmarkt!

Der weltberühmte Schwertschlucker
Alfredo
tritt auf!
Karussells, Schießbuden.

Alle sind herzlich willkommen!

»Oh«, sagte Rasmus.

Pontus nickte zustimmend.

»Ja, aber das kostet Geld. Hast du welches?«

Rasmus schleuderte den Fünfer in die Luft und fing ihn wieder auf.

»Massenhaft! Einen ganzen Fünfer! Wir können den halben Jahrmarkt dafür kaufen«, sagte er bitter.

Aber Pontus wusste Rat.

»Wir müssen was von unserem Alteisen verkaufen, dann schaffen wir's.«

Rasmus nickte. Wie dürftig wäre doch das Leben für einen armen Schuljungen mit fünfzig Öre* Taschengeld in der Woche, wenn er nicht ein bisschen unternehmungslustig wäre! Rasmus und Pontus hatten das längst eingesehen. In ganz Västanvik gab es keine unternehmungslustigeren Lumpensammler als diese beiden. Sie waren ständig auf der Jagd. Herumliegende leere Flaschen und alte verrostete Eisenteile stöberten sie auf, wie Schweine Trüffeln aufstöbern, und schleppten die Beute triumphierend in ihr Lager oben am Läusemarkt. Pontus gehörte zu einer dieser alten, ehrbaren Läusemarktfamilien. Er wohnte dort in einem großen und hässlichen alten Mietshaus. Und in seinem Keller hatte die »Vereinigte Alteisen-AG, Inhaber Pontus Magnusson und Rasmus Persson« ihren Lagerraum, wovon ein schön gemaltes Schild an der Kellertür jeden unterrichtete.

*Schwedisches Geld: 1 Krone = 100 Öre

Ein Besuch auf dem Rummelplatz mit nur fünf Öre in der Tasche konnte ja nur das reinste Elend werden. Hier brauchte man Geld. Rasmus und Pontus gingen zum Läusemarkt, lediglich um sich einen ersten Überblick zu verschaffen und sich so ungefähr auszurechnen, wie groß das Betriebskapital sein musste, das heute draufging. Sie standen draußen vor dem Eingang und guckten voll Verlangen zu den Karussells und den Schießbuden hinüber. Oh, hier gab es reichlich Gelegenheit, Geld ins Rollen zu bringen.

»Für das Karussell müssen wir uns Zaster beschaffen«, sagte Pontus. »Und für die Luftschaukel auch.«

»Ja, und dann für den Schwertschlucker«, sagte Rasmus. »Ich möchte so gerne sehen, wie er es macht, wenn er so ein Schwert verdrückt.«

Toker bellte wie rasend. Ein Karussell hatte er in seinem ganzen Hundeleben noch nicht gesehen und er war sich nicht ganz sicher, ob es solche kreisenden Dinger geben dürfe. Außerdem roch es hier komisch und fremdartig. Man musste ordentlich bellen und laut sagen, dass man solch einen Geruch nicht so ohne weiteres hinnehmen konnte.

»Na, hör mal, Toker«, sagte Rasmus, »du kannst doch nicht Karussell fahren, falls du das denkst.«

Er drehte sich zu Pontus um.

»Erstens muss ich Toker nach Hause bringen«, sagte er. »Und zweitens muss ich Mittag essen gehen.«

»Und drittens müssen wir zu Schrott-Johann gehen und Alteisen verkloppen«, sagte Pontus. »Und viertens müssen wir wohl trotz allem unsere Schularbeiten machen.«

»Viertens können uns trotz allem die Schularbeiten gestohlen bleiben und fünftens müssen wir heute Abend hergehen. Und *wie* wir hergehen müssen – au Junge!«

Und dabei blieb es.

Es war nicht ganz so leicht, zum Jahrmarkt zu kommen, wie Rasmus gedacht hatte. Er hätte es wissen müssen. Er hätte sich davor hüten müssen, in Mamas Reichweite zu kommen. Sie war den Schularbeiten gegenüber keineswegs so großzügig eingestellt wie er selber. Aber der Hunger hatte ihn nach Hause getrieben und da saß er nun beim Mittagessen mit der übrigen Familie zusammen vor einem ganzen Berg von Bratwurst und Kartoffelmus auf dem Teller.

»Sehr schön, aber von Jahrmarkt kann keine Rede sein, bevor du mit deinen Schularbeiten fertig bist«, sagte seine Mutter, ganz so, wie er es hätte erwarten müssen.

Es ist komisch mit Mama, sagte Papa, von außen ist sie so sanft und mild, aber im Innern ist sie wie ein Heerführer.

»Es wird in jedem Fall so gemacht, wie Mama will«, sagte er immer, »und das ist auch das Beste. Es gibt niemand, der einen dummen Polizisten und zwei naseweise Kinder und einen kleinen ungehorsamen Hund so gut regieren kann, dass sie es nicht einmal merken.«

Papa behauptete, es gebe niemanden auf der ganzen Welt, der so in Ordnung war wie Mama.

»Mama sorgt für alles«, sagte er. »Für mich und die Kinder und den Hund und das Haus und den Garten noch obendrein ... Ich pflanze nur und jäte und gieße und schneide die Hecke und mähe den Rasen.«

Manchmal sang er ihr was vor.

»Mutter, mein Mutterchen, wer ist so wohl wie du ...«, sang er. Aber dann sagte Mama jedes Mal:

»So heißt das nicht, Patrik. ›Wer ist wohl so wie du‹ heißt es.«

Und dann sagte Papa:

»Das ist egal, mein Schatz. Hauptsache ist, dass du so bist, wie du bist.«

Rasmus fand es auch schön, dass Mama so war, wie sie war, wenn sie nur in gewissen Punkten etwas nachgiebiger gewesen wäre.

»Kein Jahrmarkt, bis du deine Aufgaben gemacht hast«, sagte sie, nachdem sie sich an den Tisch gesetzt hatten.

»Tss«, sagte Rasmus. »Wir haben fast gar keine Schularbei ...«

Hier wurde er von Prick unterbrochen. Sie sah kritisch auf seinen übervollen Teller und die Schüssel, die er fast leer gemacht hatte.

»Ein Glück, dass du nicht auch das Kartoffelmus alle gemacht hast. Für mich ist auch noch ein Klacks übrig geblieben, wie ich sehe.«

»Ach, entschuldige«, sagte Rasmus, »daran hab ich nicht gedacht. Oooch, Mama, ich *darf* doch gehen?«

»Da ist noch mehr im Topf auf dem Herd«, sagte die Mutter. »Aber aus dem Jahrmarkt wird nichts, bevor nicht die Schularbeiten gemacht sind.«

»Tsss«, sagte Rasmus von neuem, »wir haben für morgen fast keine Schularbeiten auf. Und außerdem kann ich sie überhaupt schon.« Er kaute zu Ende, ehe er fortfuhr: »Und außerdem kann ich sie in der großen Pause machen, ganz einfach!«

»Aha«, sagte seine Mama, »das krieg ich immer zu hören. Du hast überhaupt keine Schularbeiten auf und du kannst sie schon und außerdem kannst du sie in der großen Pause machen. Wie habt ihr es heutzutage in der Schule gut!«

Nun mischte sich Papa in das Gespräch.

»Das kann ich dir sagen, Rasmus, zu meiner Zeit durften wir nie auf den Jahrmarkt gehen, bevor wir nicht Väner- und Vätter- und Mälar- und Siljan-See wie am Schnürchen konnten.«

Rasmus schnaubte durch die Nase.

»Müsst ihr wieder bei der Steinzeit anfangen, bloß weil ich auf den Jahrmarkt will?«, sagte er empört. »Und habt ihr vielleicht im Elternrat beschlossen, dass man nicht das kleinste Vergnügen haben darf, solange man in die Schule geht?«

»Nanana, mal immer mit der Ruhe«, sagte der Vater und fügte ablenkend hinzu: »Du kannst mir glauben, Rasmus, ich hab heute mächtig mit dir angegeben.«

»Bei wem denn?«, fragte Rasmus beunruhigt. Er wusste wahrhaftig, wie es sich anhörte, wenn sein Vater mit seinen Kindern protzte. Nur zu gut erinnerte er sich, was Papa erst neulich zum Polizeimeister gesagt hatte, als Rasmus mal kurz ins Polizeirevier hineinsah.

»Ich begreife nicht, wie ich zu zwei so hübschen und begabten Kindern komme. Ja, sie haben es natürlich von meiner Frau. Diese Kinder sollen eine Erziehung haben, darauf kannst du Gift nehmen, PM. Die sollen was lernen, nicht nur Väner- und Vätter-See und den Kinderkram, den unsereins so gelernt hat, nein, eine gediegene Ausbildung sollen sie bekommen mit ›Sprechen Sie Deutsch‹ und dem ganzen Drum und Dran.«

Und nun saß Papa da und schmunzelte so zufrieden und sagte, er habe wieder mal mächtig angegeben.

»Bei wem ich angegeben habe? Beim PM natürlich. ›Mein Rasmus, der wird in der Schule weit kommen‹, hab ich gesagt, ›darauf kannst du Gift nehmen, PM.‹«

»Haha«, sagte Prick, »es wäre besser gewesen, du hättest zum Polizeimeister gesagt, er wird *lange* in die Schule gehen.«

Rasmus und sein Vater sahen sie ungehalten an.

»Sehr witzig«, sagte Rasmus.

»Patricia«, sagte Papa, »bedenke, es ist mein

Sohn, von dem du sprichst. Mein Sohn, der soeben beschlossen hat sich sofort und allen Ernstes seinen Studien zu widmen, nachdem er die Bratwurst verschlungen hat.«

»Tsss«, machte Rasmus.

»Ja, ganz recht«, sagte Mama.

Dann war es ein Weilchen still. Man hörte nur die kleine Amsel draußen im Garten. Sie sang aus voller Kehle wie immer. Ab und zu kam eine Welle von Fliederduft zum offen stehenden Küchenfenster hereingeströmt und mischte sich tapfer mit dem Geruch der Bratwurst, was Prick ganz schwärmerisch machte.

»Übrigens geh ich auch auf den Jahrmarkt«, sagte sie. »Mit Joachim!«

»Joachim und Joachim und Joachim«, brummte Rasmus leise vor sich hin, »der ist ihr zu Kopf gestiegen!«

Aber Papa machte ein ganz entzücktes Gesicht und zupfte Prick am Pferdeschwanz.

»Der Joachim, in den bist du verknallt, was?«

Prick nickte eifrig.

»Ja, das sind alle. Alle in der Penne sind in den verknallt.«

Rasmus schnitt eine Grimasse.

»Ich nicht«, sagte er. »Wie steht's übrigens mit *deinen* Schularbeiten?«, fuhr er fort. »Du gehst nicht auf den Jahrmarkt, bevor du sie gemacht hast, dass du's nur weißt.«

Prick lachte.

»Sei unbesorgt!«

Dann wandte sie sich an Mama.

»Du, Mama, wir üben hinterher bei Joachim. Mach dir keine Sorgen, wenn es ein bisschen später wird.«

Rasmus guckte mit sichtlichem Interesse hoch.

»Was übt ihr denn?«

»Die Pling Plong Players üben fürs Frühlingsfest am Sonntag.«

Die Pling Plong Players, das war das Schulorchester, dem Prick angehörte. Sie spielte Gitarre.

Rasmus versenkte sich wieder in sein Kartoffelmus.

»Ach so, ich dachte, ihr wolltet für euch allein üben, du und Joachim: ›Wie bist du reizend, Prick, ich bin ganz verrückt nach dir.‹«

»Haha«, sagte Prick.

»Sagt das der Joachim?«, fragte Mama.

»Ja, stell dir vor«, rief Prick triumphierend. »Alle Mädchen in der Schule sind in ihn verknallt, aber die Einzige, die er mag, das bin ich.«

»Im Augenblick, ja«, sagte Rasmus.

Prick sah verträumt vor sich hin.

»Wenn ich Joachim heirate, dann lass ich mich nicht mehr Prick nennen, sondern nur Patricia. Patricia von Rencken, das klingt gut, finde ich.«

»Wunderbar«, sagte Rasmus. »Au Junge!«

Aber Mama schüttelte den Kopf.

»Red nicht so ein dummes Zeug, Prick«, sagte sie.

Rasmus nahm die Schüssel, die neben Prick stand.

»Möchten Frau Baronin mehr Bratwurst oder kann ich das letzte Stück haben?«

Toker hatte bis jetzt still unter dem Tisch zu Rasmus' Füßen gelegen, aber jetzt kläffte er vernehmlich, denn alle sollten wissen, wer eigentlich das letzte Stück haben müsste. Rasmus guckte zu ihm hinunter.

»Ja, Toker . . . ja, du kriegst was! Mama, darf ich Toker das letzte Stück geben?«

»Ja, nimm nur«, sagte seine Mutter. »Aber eigentlich soll Toker bei Tisch nicht betteln, das weißt du.«

Rasmus hielt Toker das Wurstende hin.

»Nein, eigentlich nicht . . . aber trotzdem!«

Dann kam der Nachtisch und Rasmus nahm sich, als die Reihe an ihn kam, eine reichliche Portion. Er sah zufrieden auf seinen Teller hinunter, wo eine große rosa Insel Rhabarbergrütze in einem See von Milch herumschwamm. Mit dem Löffel machte er eine Rinne durch die Rhabarbergrütze und spielte, es sei der Suezkanal. Damit war er eine Weile eingehend beschäftigt, und er war in seinen Gedanken weit fort, als er Prick plötzlich sagen hörte: »Wisst ihr, was Joachim hat?«

Aha, Joachim war immer noch dran! Was für stumpfsinnige Gesprächsthemen Prick doch hatte!

»Er hat einen Katalog«, sagte Prick und kicherte ein bisschen. »Einen Ausverkaufskatalog.«

Ausverkaufskatalog ... das ist wohl was für Mama, dachte Rasmus. Sie ging doch so gern zu Ausverkäufen. Und richtig, Mama war sofort bei der Sache.

»Was für einen Ausverkaufskatalog?«, fragte sie.

»Einen mit Mädchen drin«, sagte Prick. »Alle Mädchen, die er nicht mehr mag, die klebt er in diesen Katalog. Die Fotos, die er von ihnen gekriegt hat, meine ich.«

»Das ist ja eine reizende Angewohnheit«, sagte Mama. »Und wie lange wird's dauern, bis du in dem Ausverkaufskatalog landest?«

Papa wurde richtig böse. »Der sollte sich wirklich schämen.«

»Ich? Ich komme nie in den Ausverkaufskatalog«, sagte Prick und warf siegesgewiss den Kopf zurück.

Die Mutter verzog ein wenig den Mund.

»Bist du so sicher?«

»Ja«, sagte Prick und ihre Augen glänzten, als sie es sagte. »Da bin ich ganz sicher. Denn Joachim hat noch nie ein Mädchen richtig gemocht. Mit mir ist alles anders, sagt er.«

»*Sagt* er, ja«, echote Rasmus und in seiner Stimme lag eine Welt voller Zweifel.

»Ja, aber es ist auch wahr«, sagte Prick unerwartet heftig. »Übrigens würde ich sterben, wenn er mich in den Katalog reinbrächte. Dass ihr's alle miteinander nur wisst!«

Der Vater klopfte ihr auf die Schulter.

»Nun, nun, wir wollen uns gar nicht aus der Ruhe bringen lassen.«

»Übrigens Ruhe«, sagte Mama und ließ die Rhabarbergrütze noch einmal herumgehen. »Wie ist es dir heute ergangen, Patrik? Ist etwas Besonderes gewesen?«

»Frau Enokssons Kanarienvogel ist wieder weggeflogen ... falls du das was Besonderes nennst«, sagte Papa.

Da lachte Mama.

»Kanarienvögel und Betrunkene! Ist das alles, womit ihr euch auf der Polizei abgebt?«

Papa nickte lebhaft.

»Ja eben. Genau dasselbe hab ich erst heute zum PM gesagt. ›Kanarienvögel und Betrunkene‹, hab ich gesagt, ›es ist der reinste Scotland Yard.‹«

Das fanden alle witzig und Papa fuhr fort, durch den Erfolg angestachelt:

»Und als ich zu meinem Streifengang aufbrach, da sagte ich zum PM: ›Hör mal, PM, sollte ein Kanarienvogel reinkommen, während ich weg bin, dann sag ihm, er möchte Platz nehmen und solange warten.‹«

Wieder lachten alle, aber Rasmus wurde plötzlich nachdenklich.

»Aber stell dir mal vor, Papa, wenn ein richtiger Verbrecher auftauchen würde, dann würdet ihr wohl alle miteinander in Ohnmacht fallen, denn ihr seid so was doch nicht gewohnt!«

Doch Papa warf sich in die Brust und sah nicht im Geringsten beunruhigt aus.

»Wenn ein Verbrecher auftauchen würde, den würde ich sofort einlochen.«

Rasmus sah ihn bewundernd an.

»Das wäre prima«, sagte er, »dann hätte ich ja was zu bieten, wenn Stig damit protzt, dass sein Vater mal Boxer gewesen ist. Vielen Dank fürs Essen, liebe Mama, danke, lieber Papa.«

Hinterher saß er in seinem Zimmer und büffelte eifrig Schulaufgaben. Natürlich war das ganz unnötig, aber bei einer Mutter, die so unerbittlich war, blieb einem ja nichts anderes übrig.

Nachdem er Deutsch und Biologie einigermaßen kapiert hatte, ging er wieder in die Küche. Mama und Prick waren soeben mit dem Abwaschen fertig und Papa las seine Zeitung.

Rasmus hielt es für das Klügste, etwas von seinem eben erworbenen Wissen vorzuführen.

»Ratet mal, wie viele Mägen eine Kuh hat ... Vier! Pansen und Blättermagen und Netzmagen und Labmagen. Wusstet ihr das?«

»Ja, das wussten wir«, sagte Prick.

»Aber du wusstest jedenfalls nicht, wie sie heißen«, sagte Rasmus.

Er überlegte einen Augenblick, ehe er fortfuhr:

»Ob die Kühe selber wissen, wie ihre Mägen heißen? Was meint ihr?«

Papa sah von der Zeitung hoch und lachte.

»Das glaub ich kaum.«

»Tsss«, sagte Rasmus, »wenn die nicht mal ihre eigenen Blättermägen auseinander halten können, warum sollen wir es dann tun?«

Dies war ein empörender Gedanke. Man kam nicht rechtzeitig auf den Jahrmarkt, nur weil man etwas über Kühe lernen musste, worum die sich selber nicht das kleinste bisschen kümmerten.

»Stellt euch mal vor«, sagte er, »stellt euch vor, wenn eine Kuh Bauchschmerzen hat, dann weiß sie nicht mal, in *welchem* Magen es ist.«

Prick lächelte belustigt und sie hatte Grübchen in den Wangen, wenn sie lächelte.

»Oh«, sagte sie, »pass mal auf, die Kuh wacht morgens auf und sagt zu den anderen Kühen: ›O weh, o weh, ich hab solche Schmerzen im Blättermagen.‹«

Rasmus lachte.

»Haha, und dann ist es vielleicht im Netzmagen!«

In diesem Augenblick klopfte es an die Tür.

»Ach, das ist sicher Joachim«, sagte Prick und band sich schleunigst die Schürze ab.

Aber es war nicht Joachim. Es war Pontus, der hereingestiefelt kam, verlässlich und vergnügt und rotbackig wie immer.

»Ich konnte nicht eher kommen«, sagte er.

»Mama wollte, ich sollte erst die Schularbeiten machen.«

Rasmus warf seiner Mutter, die am Küchentisch stand und die Kaffeetassen hinstellte, einen Blick zu.

»Hier war ein gewisser Jemand, der das auch wollte!«

Seine Mutter streckte einen Arm aus und fing Rasmus ein.

»Ja, das stimmt«, sagte sie und zauste ihm sein ohnehin zerzaustes braunes Haar. »Aber jetzt darfst du gehen.«

Er umarmte sie heftig ohne sich vor Pontus zu genieren. Denn er liebte seine unerbittliche Mutter über alle Maßen und jetzt konnte er obendrein noch Deutsch und Biologie. Es war ganz herrlich. Und ganz herrlich war es, jetzt auf den Jahrmarkt zu gehen.

»Mutter, liebe Mutter, wer ist wohl so wie du«, sagte er.

Sein Vater nickte lebhaft.

»Eben. Das sag ich auch. Jetzt trinken wir Kaffee!«

Pontus grub in der Hosentasche.

»Ich hab Alteisen verkauft«, sagte er.

»Prima«, sagte Rasmus. »Wie viel hast du gekriegt?«

»Drei Kronen. Wir sind so gut wie Selbstversorger. Und dabei haben wir noch einen ganzen großen Haufen Alteisen übrig.«

Rasmus war schon auf dem Weg zur Tür.

»Au Junge! Komm, wir hauen ab!«

Aber da wollte Toker auch noch ein Wort mitreden. Er stürzte auf Rasmus zu und bellte laut. Sollte er wirklich nicht mitkommen?

Rasmus bückte sich und streichelte ihn.

»Nee, Toker, du kannst doch nicht Karussell fahren.«

Und dann waren Rasmus und Pontus aus der Tür und polterten in drei Riesensätzen die Küchentreppe hinunter.

»Die wären weg«, sagte Mama.

»Obwohl man meinen könnte, es wäre eine Herde junger Elefanten«, sagte Prick.

Er war wie ein Märchen, der Jahrmarkt auf dem Läusemarkt. Es war, als ob ein Märchen vor ihren Augen Wirklichkeit geworden wäre, als sie den funkelnden Lichterbogen über dem Eingang sahen und das Paradies von Licht und Geglitzer dahinter. Der ganze Festplatz strahlte, überall in den alten Fliederbüschen des Läusemarkts hingen kleine rote und gelbe Glühlampen, die das Dunkel zwischen den Büschen erhellten, so dass alles so zauberisch und festlich und ganz anders aussah.

Das Karussell drehte sich rundherum und war allein schon ein Wunder mit seinen Ranken von kleinen, flimmernden Lichtpünktchen, und jede einzelne Bude erstrahlte in einem roten, geheimnisvollen Schein, von dem man angezogen wurde, ob man wollte oder nicht. In den Buden standen geheimnisvolle, wunderbar aufgeputzte Damen, die beharrlich jeden aufforderten sein Glück zu versuchen. Man hatte da verschiedene Möglichkeiten. Man konnte mit Pfeilen werfen oder nach der Scheibe schießen oder gemalten komischen Männern einen Ball ins Gesicht schmeißen. Überall war ein Lärm und Gebrodel von Menschen, das allein war schon aufregend genug. Sie schubsten sich und lachten und versuchten ihr Glück, dass man es weithin hören konnte. Und wo man auch ging, überall hörte man die Karussellmusik, die lockende, aufreizende Karussellmusik, die so viel Spaß verhieß. Ja, der Maiabend war von Musik und Licht und Gelächter und Düften erfüllt, die einen eigentümlich heiter und abenteuerlustig stimmten.

Jenseits des Lichtscheins vom Jahrmarkt lagen die unansehnlichen kleinen Häuser des Läusemarktes still und verlassen in der Frühlingsdämmerung. Nur alte Leute, die nicht mehr verstanden, wie viel Spaß es machte, auf den Jahrmarkt zu gehen, saßen im Zwielicht auf den Vortreppen und lauschten der Musik, tranken einen Schluck Kaffee und rochen den Duft ihres Flieders. Sie waren wohl auf ihre Art zufrieden, auch wenn sie nicht mehr Karussell fahren konnten und nicht den weltberühmten Schwertschlucker Alfredo zu sehen bekamen.

Aber Rasmus und Pontus, die elf Jahre alt waren und größere Ansprüche an das Leben stellten, sausten drinnen auf dem Festplatz herum, vergnügt wie Eichhörnchen und fest entschlossen, sich so viele Genüsse zu verschaffen, wie man jemals aus drei Kronen herausschlagen konnte. Das meiste hatten sie übrigens schon genossen. Drei Kronen schmolzen so rasch zusammen, wenn man Karussell fuhr und ein paar Mal sein

Glück versuchte. Aber der Höhepunkt des Abends stand noch bevor, der weltberühmte Schwertschlucker Alfredo.

»Nicht drängeln! Nicht drängeln! Es ist Platz für alle da. Die nächste Vorstellung beginnt in wenigen Minuten!«

Draußen vor dem Zelt des Schwertschluckers stand eine dralle Dame in einem rotseidenen Kleid und schrie aus vollem Hals.

»Nicht drängeln!«, schrie sie, obwohl nicht ein Mensch einen Versuch in dieser Richtung machte. Aber jetzt kam Alfredo selber heraus und zeigte sich auf einem kleinen Podium, und sofort versammelten sich mehr Leute vor seinem Zelt. Sie reckten die Hälse und starrten den Schwertschlucker an, der in allen Hauptstädten Europas aufgetreten war – das behauptete jedenfalls die dralle Dame an seiner Seite.

Der Schwertschlucker war ein kräftiger Kerl. Er stand da, breitbeinig, die Brust vorgewölbt, und machte den Eindruck, als habe er in seinem ganzen Leben nichts gegessen, was weniger eisenhaltig gewesen wäre als Schwerter. Einen schwarzen Schnurrbart hatte er und krauses, schwarzes, üppig wucherndes Haar, das ihm ein fremdartiges und abenteuerliches Aussehen verlieh. Er war hochrot im Gesicht und sah sich um mit einer Miene, die gutmütig belustigte Nachsicht verriet, als ob er damit unterstreichen wollte, wie komisch er es fand, dass er, ein Mann, der in allen

Hauptstädten Europas aufgetreten war, jetzt hier in Västanvik stand.

»Stell dir vor, wenn er nun ein Schwert in den falschen Hals kriegt«, sagte Rasmus. »Das wär was, wenn man sehen könnte, was er dann macht!«

In diesem Augenblick machte Pontus die furchtbare Entdeckung, dass von ihrem ganzen Kapital

nicht mehr als fünfzig Öre übrig waren, genau die Hälfte von dem, was sie brauchten, wenn sie Alfredos Vorstellung sehen wollten.

Pontus hatte den Fünfziger auf die flache Hand gelegt, er starrte ihn verwundert an und runzelte die Stirn.

»Das ist mir ein Rätsel. Eben hatten wir doch noch eine Krone.«

»Eben hatten wir noch *drei* Kronen«, sagte Rasmus philosophisch. »Aber an diesem Ort ist das Geld ratzekahl alle, bevor man auch nur blinzeln kann.«

»Was wird jetzt mit Alfredo?«, meinte Pontus sorgenvoll.

Rasmus überlegte, dann sah er Pontus ein wenig von der Seite an und sagte verschmitzt:

»Wenn ich nun reingehe und ihn mir angucke, dann kann ich dir hinterher zeigen, wie er es macht.«

Pontus fand den Vorschlag nicht gut.

»Können wir nicht zu ihm gehen und mit ihm reden? Vielleicht ist er so freundlich und lässt uns für fünfzig Öre rein?«

»Wir können es ja mal versuchen«, sagte Rasmus.

Sie schlängelten sich bis an die Plattform heran, auf der Alfredo stand.

»Ach, Herr Alfredo . . .«, begann Rasmus.

Aber die dralle Dame redete in einem fort und Alfredo schien nichts gehört zu haben. Da nahm

Pontus allen Mut zusammen und tippte den Gewaltigen mit einem ehrerbietigen Zeigefinger an, legte den Kopf schief, lächelte gezwungen und sagte scherzend:

»Du, Onkel, dürfen wir für den halben Preis rein, wenn wir versprechen, dass jeder nur mit einem Auge guckt?«

Das hatte er in einem Buch gelesen und er fand den Ausspruch in diesem Augenblick gerade sehr angebracht. Er hatte nämlich während seines elfjährigen Lebens erfahren, dass sich manchmal eine gewisse Art von Dummdreistigkeit im Verkehr mit älteren Personen lohnte. Aber Alfredo hatte anscheinend keinen Sinn für Humor. Er streifte Pontus mit einem gleichgültigen Blick und gab keine Antwort.

»Er kann sicher kein Schwedisch«, sagte Rasmus leise.

Da ließ der Schwertschlucker ein Knurren hören.

»Er kann sehr gut Schwädisch«, sagte er. »Und versteht auch, dass ihr ein paar Lümmeljungs seid.«

Pontus wurde verlegen. Er glaubte das meiste, was die Leute zu ihm sagten. Wenn einer sagte, er sei ein Lümmeljunge, dann glaubte er es und schämte sich. Aber Rasmus hatte ein grenzenloses Selbstvertrauen. Er hielt sich durchaus nicht für einen Lümmel, obwohl er nun schon zweimal an ein und demselben Tag dazu ernannt worden war, zuerst von seinem geliebten Mathematiklehrer und jetzt von diesem Schwertschlucker. Zwar sprach der Schwertschlucker gebrochen Schwedisch, aber der Sinn war nicht misszuverstehen, und der war es, den Rasmus nicht gelten lassen wollte.

»Das sind Lügen«, sagte er frischweg, den Schwertschlucker nachäffend. »Wir sind gar keine Lümmeljungs.«

»Doch«, sagte der Schwertschlucker und nickte nachdrücklich. »Doch, zwei kleine Lümmeljungs, die für halbe Preis reinwollen.«

»Man braucht doch kein Lümmel zu sein, bloß weil man arm ist«, sagte Rasmus. »Wir haben nur fünfzig Öre.«

Alfredo nickte wieder.

»Zwei kleine, arme Lümmeljungs, jaja!«

Er sagte es mit einer Stimme, als ob sie ihm doch ein wenig Leid täten wegen ihrer großen Armut, und Rasmus hatte das Gefühl, dass er anfing weich zu werden.

»Ist es schwer, Schwerter zu schlucken?«, fragte er einschmeichelnd. »Wie lernt man das eigentlich?«

Alfredo musterte ihn schweigend, dann zuckte es in seinem Schnurrbart und er gluckste vor Lachen.

»Tja, man muss anfangen, wenn man klein ist, und muss Stecknadeln schlucken. Wie dachtest du, dass man tun muss?«

Von seinen eigenen Späßen hielt er offenbar mehr als von denen anderer. Er lachte hinterher lange und dröhnend und Pontus und Rasmus stimmten mit ein. Sie waren bereit so lange zu lachen, wie es nötig war, um auf Alfredo einen guten Eindruck zu machen, und sie kannten das von der Schule; dort erwarteten die Lehrer auch manchmal, dass man über Späße lachte, die irgendwann um die Jahrhundertwende neu gewesen waren.

Aber Alfredo hörte ebenso plötzlich auf zu lachen, wie er angefangen hatte, und Rasmus wurde unruhig.

»Sind Sie wirklich weltberühmt, Herr Alfredo?«, fragte er. »Ist das wirklich wahr?«

Abermals guckte Alfredo ihn schweigend an, als ob er überlege. Dann gluckste er von neuem.

»Ja, Alfredo ist weltberühmt in ganze Schwäden, da kannst du sicher sein«, sagte er.

Aber dann sah er gelangweilt aus.

»Macht, dass ihr hier wegkommt, kleine Lümmeljungs«, sagte er. »Ihr glaubt doch nicht etwa, ich kann den ganzen Tag mich mit kleine Kinder unterhalten? Los, verschwindet!«

Kleinlaut trotteten Rasmus und Pontus davon.

»Der ist selbst ein Lümmeljunge, so lang, wie er ist«, sagte Rasmus empört und warf Alfredo, der soeben in seinem Zelt verschwand, einen letzten Blick zu.

»Nächste Vorstellung beginnt in wenigen Minuten«, schrie die Rotgekleidete ein letztes Mal, dann fiel der Zeltvorhang auch hinter ihr herunter.

Und Rasmus und Pontus standen da, ausgeschlossen, abgeblitzt. Das war eine unerträgliche Enttäuschung.

Rasmus schaute sich eifrig um.

»Ich hab vorhin Prick und Joachim gesehen. Komm schnell, das ist der letzte Ausweg!«

»Glaubst du wirklich, wir können sie anpumpen?«, fragte Pontus.

Rasmus rannte los, auf die Schießbude zu, wo er seine Schwester zuletzt gesehen hatte.

»Ja, wenn Prick was hat, dann kann ich sie anpumpen. Aber sie kann ja auch blank sein.«

Prick war nicht mehr an der Schießbude. Sie mussten weiterjagen. Ach, die Vorstellung fing ja in wenigen Minuten an, es eilte . . . eilte! Schwitzend vor Eifer bahnten sie sich einen Weg durch die Menge und jedes Mal, wenn sie einen blonden Pferdeschwanz sahen, zuckten sie zusammen. Aber es war immer ein anderer Pferdeschwanz, nicht Pricks. Schließlich fanden sie sie aber doch. Sie wollte gerade gehen. Sie und Joachim standen am Ausgang mit den übrigen Pling Plong Players zusammen, die bei von Rencken im Hause üben sollten.

Rasmus stürmte auf seine Schwester zu.

»Prick, kannst du mir fünfzig Öre leihen?«, sagte er atemlos und trampelte vor Ungeduld auf der Stelle.

Prick steckte die Hand in die Tasche und er seufzte erleichtert auf. Oh, wenn sie sich doch bloß beeilen wollte! Und nun zog Prick die Hand wieder heraus. Sie legte das, was sie aus der Tiefe der Tasche herausgefischt hatte, in seine ausgestreckte Hand. Es war eine kleine Maus, eine kleine graue Spielzeugmaus mit einem Schlüssel an der Seite.

»Bedaure«, sagte Prick. »Ich habe mein letztes Geld ausgegeben. Aber dies Ding hab ich gewonnen, das kannst du haben.«

»Damit kannst du viel Jux machen«, sagte Joachim.

Dann gingen sie und Rasmus stand da mit der Maus in der Hand und starrte abwechselnd auf Prick und auf die Maus.

Pontus lachte.

»Aus der Schwertschluckerei wird nichts für uns«, sagte er. »Wir können stattdessen mit der Maus spielen.«

Aber jetzt wurde Rasmus wütend.

»Ich denk nicht daran! Ich *will* Alfredo sehen, und wenn's als Zaungast ist! Komm!«

Pontus folgte ihm. Er kannte Rasmus, er wusste, wie eigensinnig er war. Dafür war er in der ganzen Schule bekannt.

»Weißt du, Rasmus, wenn du ein bisschen weniger hitzig und ein bisschen weniger starrköpfig wärst, dann könnte ich dich beinah zu meinem Lieblingsschüler ernennen«, pflegte Doktor Fröberg zu sagen. »Weshalb kannst du nicht ebenso ruhig sein wie Bruder Pontus?«

Pontus wusste nicht, weshalb Doktor Fröberg ihn so beharrlich »Bruder Pontus« nannte. Er war ja weder der Bruder vom Doktor noch von Rasmus. Aber in Doktor Fröbergs Stunden hieß er nun einmal »Bruder Pontus« und er trug es mit Fassung.

Rasmus lief zu Alfredos Zelt zurück. Er wich allen, die ihm in den Weg kamen, geschickt aus und Bruder Pontus galoppierte hinter ihm her.

Vor Alfredos Zelt war es jetzt leer, aber von drinnen hörte man Beifallklatschen. Die Vorstellung war in vollem Gange. Darüber geriet Rasmus ganz außer sich, jetzt musste er rein, es kam nur drauf an, wie. Er rannte wie der Wind um das Zelt herum, um die Möglichkeiten auszukundschaften. Die Rückseite des Zeltes lag nach dem Platz zu, wo die Wohnwagen standen, und hier war gerade jetzt alles wie ausgestorben. Alle waren wohl irgendwie auf dem Jahrmarkt beschäftigt.

»Hier«, flüsterte Rasmus.

Er warf sich auf den Bauch in das heruntergetretene Gras hinter dem Zelt und begann leise und zielbewusst unter die Zeltleinwand zu kriechen. Pontus kicherte, einerseits vor Spannung und andererseits, weil es so komisch aussah, wie Rasmus zappelte und sich schlängelte und ganz platt zu machen versuchte, um unter die straff gespannte Zeltwand zu kommen. Alle Mücken des Maiabends gaben sich anscheinend hinter Alfredos Zelt ein Stelldichein. Pontus stand kichernd in einer Wolke von Mücken und tat, was er konnte, um die Blutsauger von Rasmus' hilflos ausgelieferten Beinen zu verscheuchen. Aber als er dann selber an die Reihe kam, nachdem Rasmus' schmutzige Turnschuhe unter der Zeltwand verschwunden waren, als er dalag und sich selber vorwärts schlängelte, da war niemand da, der ihm die Mücken vom Leib halten konnte, und die taten zweifellos ihr Bestes um ihn aufzufressen; aber er litt gern und folgte Rasmus, wohin es auch ging. Das tat er immer. Und nun ging es in Alfredos Zelt hinein.

Sie blieben dicht an der Zeltwand still liegen wie zwei kleine, wachsame Tiere, bereit zu fliehen, wenn es gefährlich werden sollte. Sie hatten Angst – aber nicht viel. Es machte Spaß, ein bisschen Angst zu haben und auf dem Bauch zu liegen und Gras und Erde und das rohe Kiefernholz der ungestrichenen Bänke zu riechen. So musste es riechen, wenn man Zaungast war.

Füße waren das Einzige, was sie sahen, als sie endlich wagten hochzuschauen. Und natürlich war es interessant zu sehen, wie verschieden die Leute unter den Bänken ihre Füße hielten, aber sie waren ja nicht hergekommen um einen Haufen brauner und schwarzer Schuhe anzustarren. Sie wollten Alfredo sehen.

»Wir müssen irgendwohin, wo wir besser sehen können«, flüsterte Rasmus.

Sie krochen an der Zeltwand entlang, bis sie eine Öffnung zwischen den Bankreihen fanden. Und jetzt sahen sie Alfredo. Er stand hier auch auf einem kleinen Podium und die dralle Dame stand getreulich an seiner Seite. Eben reichte sie ihm ein Schwert. Alfredo verbeugte sich vor dem Publikum. Dann legte er seinen dicken Kopf in den Nacken, so weit er konnte, und hielt das Schwert mit hoch erhobener Hand genau über seinen weit offenen Mund. Und langsam fing er an es durch den Schlund zu pressen. Es sah grausig und komisch aus. Rasmus und Pontus starrten ihn wie verhext an. Würde er wirklich das ganze Schwert verschlingen? Es sah so aus. Der Schwertknauf näherte sich mehr und mehr Alfredos Mund. Schließlich war von der Klinge nichts mehr zu sehen. Da zog er das Schwert rasch wieder heraus, überreichte es der drallen Dame und verbeugte sich noch einmal vor dem Publikum, so dass ihm das schwarze, krause Haar in die Stirn fiel. Die Zuschauer klatschten bereitwillig Beifall. Selbst Rasmus beteiligte sich ein wenig an dem Beifall, indem er mit den Fäusten gegen die Holzdielen hämmerte, auf denen er lag. Pontus kicherte leise. Da wurde Rasmus übermütig. Das war ja ein Mordsspaß: sich in ein Zelt zu schleichen und zu sehen, wie jemand Schwerter futterte, und dann noch Pontus zum Lachen zu verleiten. Das tat er auch oft in der Schule, wenn es in den Stunden zu langweilig wurde. Man brauchte gar nicht allzu viele Faxen zu machen, und schon war Pontus ganz außer sich vor lauter Lachen und begann das sonderbarste Geschnauf von sich zu geben, so dass die Lehrer sorgenvoll den Kopf schüttelten.

Und da Pontus jetzt hier in Alfredos Zelt auf dem Bauch lag und kicherte, wurde Rasmus mutwillig und fing an Faxen zu machen. Alfredo vorn auf dem Podium war gerade wieder dabei, ein neues Schwert zu schlucken, und Rasmus tat so, als sei er ebenfalls Schwertschlucker. Er sperrte den Mund auf, so weit er konnte, tat so, als habe er ein Schwert in die falsche Kehle bekommen, und gab einen gurgelnden Laut von sich, und richtig, es brachte Pontus dazu, vor unterdrücktem Lachen zu prusten. Rasmus wurde kühner. Plötzlich fiel ihm die kleine Maus ein, die er in die Tasche gesteckt hatte. Hatte Pontus bisher gelacht – jetzt sollte er platzen!

Er holte die Maus hervor. Ein knirschendes Geräusch ertönte, als er mit dem Schlüssel die Feder aufzog, und dieser Ton genügte schon Pontus aus der Fassung zu bringen; er erstickte fast. Aber Rasmus reizte ihn noch weiter. Er setzte die Maus auf den Boden und tat so, als wolle er sie loslassen. Pontus wimmerte. Rasmus hatte nicht die Absicht, die Maus wirklich loszulassen, so verwegen war er nicht. Aber plötzlich – ohne dass er

wusste, wie es kam – entschlüpfte sie seinen Händen. Mit dem fürchterlichsten Gesurr schoss sie über den Boden dahin, genau auf Alfredos Podium zu, und als sie dagegenknallte, begann sie sich im Kreise zu drehen, immer rundherum, als sei sie wahnsinnig geworden. Pontus hatte vor Lachen ein hilfloses Wimmern von sich gegeben, als die Maus sich davonmachte, aber jetzt verstummte er und schluckte ängstlich. Denn Alfredo stieß ein Gebrüll aus, von dem das ganze Zelt erschüttert wurde.

»Lümmeljungs«, schrie er. »Verdammten kleinen Lümmeljungs!«

Die Lümmeljungs warteten nicht auf die Fortsetzung, sie stürzten zum Ausgang, so als sei ihnen eine ganze Brigade böser Geister auf den Fersen.

»Nee, es war nicht meine Schuld«, sagte Rasmus, als sie sich in Sicherheit gebracht hatten. »Ich schwöre, das Mausevieh ist aus reinster Niedertracht losgelaufen!«

Pontus antwortete mit einem neuen Prusten.

»Dass ich nicht gestorben bin«, sagte er. »Dass ich nicht gestorben bin!«

Er keuchte noch immer vor Lachen. Aber als er fertig war mit Lachen, guckte er Rasmus herausfordernd an.

»Und was machen wir jetzt?«

»Wir müssen uns was ausdenken«, sagte Rasmus.

Eigentlich hätten sie nach Hause gehen müssen. Es war bald Schlafenszeit; es fing an kühl zu werden, das Geld war alle. Aber sie wagten nicht das entsetzliche Risiko einzugehen, dass es vielleicht immer noch etwas anzugucken gab, etwas, was sie noch nicht gesehen hatten, etwas, was kein Geld kostete. Dies war ihr einziger Jahrmarktsbesuch, es galt so lange wie möglich zu bleiben. War man erst durch das Drehkreuz hinausgegangen, kam man nicht wieder herein. Sie konnten es sich wahrhaftig nicht leisten, nach Hause zu gehen und sich schlafen zu legen, bevor sie nicht alles bis ins Letzte ausgekostet hatten.

»Wir sollten einen Spaziergang zu den Wohnwagen machen«, schlug Rasmus vor. »Es macht bestimmt Spaß, sich mal anzusehen, wie solche Jahrmarktsleute wohnen.«

Pontus war gleich dabei.

»Aber ich hab Hunger«, sagte er. »Das hab ich schon lange.«

»Kauf dir 'n Würstchen«, sagte Rasmus grimmig.

Pontus nickte.

»Ja, oder hol den Mond runter und knabbere dran, was?«

Sie seufzten beide. Ein Würstchen wäre gerade das Richtige gewesen. Ein herrliches Würstchen mit viel Senf drauf.

Sie standen jetzt so dicht am Karussell, dass ihnen der Fahrtwind um die Ohren sauste, wenn die Karussellschaukeln vorbeiflogen, aber die Jungen merkten es nicht. Sie starrten nur sehnsüchtig dem Würstchenmann nach, der gerade mit seinem Karren an ihnen vorbeiging. Aber plötzlich bückte Pontus sich und hob etwas von der Erde auf.

»Klar kann ich mir eine Wurst kaufen, wenn du meinst«, sagte er mit einem Grinsen und hielt ein blankes Einkronenstück hoch. Rasmus starrte darauf. Eine ganze Weile standen die beiden da und starrten verzückt das Einkronenstück an. Wie sonderbar war doch das Leben . . . Hier waren sie wie die Irren auf dem ganzen Jahrmarkt herumgerannt, um sich von Prick fünfzig Öre zu leihen, und dabei brauchte man sich doch nur zu bücken und Kronenstücke von der Erde aufzusammeln! Es gab ja so viele reiche Marktbauern, die herumgingen und hier und da Geld verloren und gar nicht danach fragten. Und der rechtmäßige Besitzer des Einkronenstücks war zum Glück vom Menschengewimmel verschluckt worden. Den konnte man nicht mehr finden, selbst wenn man es versuchte.

Pontus' Augen funkelten.

»Sagtest du Würstchen? Wenn du lieber ein kaltes Büfett haben willst oder irgendwas anderes, dann sag es nur. Ich kann mehr Geld aufsammeln.«

Aber Rasmus war mit Würstchen vollauf zufrieden. Sie flitzten hinter dem Würstchenmann her. Er hatte seinen Karren ganz nah beim Eingang angehalten und dort drängten sich eine Menge Kunden um ihn. Rasmus und Pontus stellten sich in der Schlange auf. Sie pufften sich gegenseitig in die Rippen, nur damit es nicht langweilig würde, nur weil irgendetwas in ihren dünnen, knochigen Jungenkörpern danach verlangte, dass man sich ständig puffte oder balgte oder einen Stein vor sich herstieß, ganz gleich, was – nur dass man um keinen Preis still stand. Aber gleichzeitig verfolgten ihre unruhigen Augen alles, was um sie herum passierte.

»Guck mal, der da«, sagte Rasmus plötzlich. »Was ist das denn für 'n grässlicher Typ?«

Der grässliche Typ war ein Mann, der in diesem Augenblick durch das Drehkreuz am Eingang kam.

»Warum nennst du ihn einen grässlichen Typ?«, fragte Pontus. »So grässlich sieht er doch nicht aus.«

»Jedenfalls ist er nicht hier aus der Stadt«, sagte Rasmus, ganz so, als sei das allein schon eine Schande für einen Menschen.

Nein, er sah niemandem in Västanvik ähnlich, das konnte man schon von weitem erkennen. Er hatte den Hut nachlässig ins Genick geschoben und sah frech und selbstsicher aus, als gehöre ihm der ganze Jahrmarkt. Ohne jemandem auszuweichen bahnte er sich einen Weg und nun kam er schnurstracks auf den Karren des Würstchenmannes zu. Er holte ungeduldig ein Geldstück aus der Hosentasche und warf es dem Mann hin.

»Zwei! Ohne Senf!«

Endlich waren die Jungen dran und sie starrten ihn feindselig an. Aha, so einer war das, der sich vordrängte! Da war grässlicher Typ gerade das richtige Wort! Er hatte einen großen, hässlichen Mund, der grässliche Typ, mit einem frechen kleinen Grinsen um die Lippen, und seine Augen waren irgendwie ebenfalls frech und hart und völlig unbeteiligt.

»Bissiger Hund«, murmelte Rasmus vor sich hin.

Der Fremde kaute hungrig an seiner Wurst und richtete, nach jedem Wort hörbar schmatzend, eine Frage an den Würstchenmann.

»Hier soll es einen Schwertschlucker geben, der Alfredo heißt. Wo hat er sein Zelt?«

Pontus, der gerade seine beiden kostbaren Würste ausgehändigt bekam, zuckte zusammen, als er das hörte. Der Schwertschlucker kam gleichsam bedrohlich nah, wenn jemand seinen Namen nannte.

Der Wurstverkäufer zeigte zu Alfredos Zelt hinüber und der Fremde verschwand ohne auch nur danke zu sagen. Rasmus und Pontus vergaßen ihn auf der Stelle wieder, denn jetzt hatten sie an Wichtigeres zu denken ... Wurst! Herrliche braune, duftende Wurst mit Senf drauf! Es war ein erlesener Genuss, mit einer Wurst in der Hand herumzustromern und sich die Leute anzugucken. Herumzugehen und zu kauen, ein Weilchen vor der Schießbude stehen zu bleiben und zuzusehen, wie einer eine Serie schoss, stehen zu bleiben und zuzugucken, wie irgendein kräftiger Bauernjunge am »Lukas« den Hammer schwang, zu hören, wie die Mädchen in der Luftschaukel kreischten ... und sich dann plötzlich zu erinnern, dass man ja eigentlich zu den Wohnwagen unterwegs war.

»Es muss Spaß machen, so zu wohnen«, sagte Rasmus neidisch.

Die Wohnwagen sahen so gemütlich aus, wie sie dort zwischen den Fliederbüschen verstreut standen. Es leuchtete so freundlich aus den kleinen Fenstern, man bekam solche Lust, hineinzuschauen um zu sehen, wie es drinnen aussah. Es war ganz verkehrt, dass man in einem Haus wohnte, das ewig und immer am selben Fleck stand, das merkte Rasmus plötzlich. Nein, ein Haus, das in der Welt herumrollte, bald hierhin, bald dahin, das müsste man haben!

»Man könnte ja immer mal wieder nach Hause nach Västanvik zurückfahren«, sagte Pontus.

»Und nachfragen, wie es denen in der Schule geht«, fügte Rasmus befriedigt hinzu.

Sie bummelten ein Weilchen zwischen den Wagen hin und her, versuchten ab und zu einen Blick durch irgendein Fenster zu werfen, das erleuchtet war, und unterhielten sich auch darüber, in welchem Wagen sie wohl am liebsten wohnen würden, wenn es sich nun so glücklich gefügt hätte, dass sie »Jahrmärktler« wären.

»In dem vielleicht«, sagte Pontus und zeigte auf einen rot gestrichenen Wagen, der ein bisschen abseits von den anderen aufgestellt war und den sie vorher nicht bemerkt hatten.

Sie näherten sich von hinten. Dort war ein kleines Fenster mit einer rot karierten Gardine und dahinter leuchtete es so ganz besonders gemütlich. Es war zweifellos ein Wagen, in dem man gern wohnen würde. Aber sie wollten auch sehen, wie er an der Vorderseite aussah, bevor sie sich für ihn entschieden, und sie bogen entschlossen um die Ecke. Da hörten sie eine Stimme sagen:

»Na, alter Ernst, bist du also wieder raus!«

Alfredos Stimme! Aber es war zu spät umzukehren. Die beiden, die auf der Treppe des Wohnwagens saßen, hatten sie schon bemerkt und jetzt stieg ein Gebrüll zum hellen Abendhimmel auf.

»Verdammten kleinen Lümmeljungs, seid ihr hergekommen und wollen mich mit nur ein Auge zugucken, was?«

Wie ein wütender Stier kam Alfredo auf sie zugerast und sie rannten wie um ihr Leben. Aber dann hörten sie ein gewaltiges Platschen, sie wandten den Kopf und da musste Pontus hilflos und voller Schrecken laut auflachen. Alfredo war über eine Waschwanne gestolpert, die ein fürsorglicher guter Geist ihm in den Weg gestellt hatte, und nun lag er auf allen vieren und stierte ihnen mit blutunterlaufenen Augen nach.

Aber nicht nur Pontus lachte. Dieser Ernst lachte auch laut.

»Hast du gerade große Wäsche?«, fragte er.

Und im selben Augenblick rief jemand aus dem Innern des Wohnwagens:

»Komm rein, essen, Alfredo!«

»Ja, tu das bloß!«, rief Rasmus, während sie davonrannten. »Geh rein und schluck noch 'n paar Schwerter, dann ist der liebe Alfredo vielleicht hinterher 'n bisschen besserer Laune.«

»Hast du gesehen, wer da neben ihm auf der Treppe gesessen hat?«, fragte Pontus, als sie weit genug weg waren. »Der grässliche Typ!«

Rasmus nickte böse.

»Ich finde, das passt gut. Die sind beide gleich bissig.«

»Wenn wir diesem Alfredo noch einmal über den Weg laufen, haut er uns tot«, meinte Pontus.

Das glaubte Rasmus auch.

»Es ist wohl das Beste, wir halten uns so weit wie möglich von ihm fern.«

Als Pontus gähnte, sah Rasmus rasch auf seine Uhr.

»Nee, weißt du was«, sagte er, »es ist halb elf. Es war doch eben erst neun?«

Er hatte den Befehl, um zehn Uhr zu Hause zu sein.

Nun würde Mama böse werden. Er hatte viele Male versucht ihr zu erklären, dass seine Uhr hin und wieder einen kleinen Satz von einer ganzen Stunde machte, aber Mama sagte, das sei nur Aberglauben.

»Au verflixt, jetzt muss ich aber rennen«, sagte Rasmus und lief auf den Ausgang zu. Bruder Pontus galoppierte hinter ihm her.

Rasmus lag in seinem Bett und Toker lag neben ihm. Ein kleiner warmer Hund war was Wunderbares, wenn man verfroren nach Hause kam. Mama behauptete, Hunde im Bett zu haben sei unappetitlich, aber das, sagte Rasmus, sei nur Aberglauben, und das meinte Toker auch. Er bohrte seine Schnauze in Rasmus' Armbeuge und schnaufte zufrieden.

»Mmm, Toker«, flüsterte Rasmus, »du bist der beste Hund der Welt.« Mama war ziemlich ärgerlich gewesen, als er so spät nach Hause gekommen war, und er hatte mit Gleichmut den Anschnauzer hingenommen; alles hatte seine Ordnung und jetzt wollte er schlafen.

»Was ist heute für ein Tag, Toker?«

Toker antwortete mit einem vergnügten Winseln und bohrte die Schnauze noch tiefer in Rasmus' Arm.

»Aha, Mittwoch«, sagte Rasmus.

Welch ein Mittwoch! Man denke, dass an einem einzigen Tag so viel passieren konnte. Aber das kam natürlich nur daher, weil Jahrmarkt war. Morgen war Donnerstag und kein Jahrmarkt, au Junge, das würde aber langweilig werden!

»Pansen, Blättermagen, Netzmagen und Labmagen«, wiederholte er düster in Tokers Ohr hinein.

Dann schlief er ein.

Ehe er Toker bekam, in dem halben Jahr, als er ständig darum bettelte, hatte er die großartigsten Gelübde getan: Niemand in der Familie sollte mit seinem Hund irgendwelche Last haben. Er würde ihn ganz und gar allein versorgen.

Papa hatte ein zweifelndes Gesicht gemacht.

»Und selbst morgens mit ihm rausgehen? Du musst nicht denken, dass man einen Hund in den Garten rauslassen kann. Da bellt er und weckt die Nachbarn und scharrt in den Beeten und läuft weg und gerät in Rauferei mit anderen Hunden.«

»Ich geh bestimmt *jeden* Morgen mit ihm raus, das macht bestimmt Spaß«, hatte Rasmus versichert.

»Bist du auch ganz sicher?«, hatte Mama gefragt. »Sonntags morgens um sieben im Winter bei zwanzig Grad unter null?«

»Und bei Windstärke neun?«, hatte Prick hinzugefügt. »Dann geht Rasmus mit dem Hund raus.«

»Denk mal, das tut er«, hatte Rasmus gesagt.

Dann bekam er Toker. Und wenn er nun morgens in seinem schönen Bett lag und Toker an der Tür stand mit diesem Blick in den Augen, der bedeutete: »Na, geht's nicht endlich los?«, da wünschte er sich inbrünstig, dass Hunde ein bisschen anders eingerichtet wären. Es wäre nur eine kleine, einfache Verbesserung an ihnen nötig, etwa, dass sie nur rausmussten, wenn schönes Wetter war, und niemals vor zwölf Uhr mittags. Aber Toker war nun ein für alle Mal so eingerichtet, dass er um sieben Uhr morgens rauswollte, auch wenn es goss oder wenn Orkan war. Und Mama war so eingerichtet, dass sie der Meinung war, Rasmus solle zu dem stehen, was er gesagt hatte. Manchmal, wenn Papa Frühdienst hatte oder morgens vom Nachtdienst nach Hause kam, konnte es vorkommen, dass er Toker ausführte, aber in der Regel musste Rasmus es selber tun. Das bedeutete, dass er einen Wecker neben dem Bett haben musste, der Toker half, Rasmus jeden Morgen um sieben Uhr zum Leben zu erwecken.

Rasmus war schlaftrunken, als der Wecker am Donnerstagmorgen klingelte, aber er krabbelte trotzdem aus dem Bett und wankte mit halb geschlossenen Augen ins Badezimmer. Er hielt den Kopf einen Augenblick unter den Kaltwasserhahn um wach zu werden. Darauf schmückte er seine Zahnbürste mit einem langen, zierlichen Wurm Zahnpasta, hielt sie unter den Hahn, bis die ganze Zahnpasta weggespült war, dann steckte er die Bürste in den Mund und fuhr sich ein paar Mal rasend schnell über die Zähne, worauf er die Morgentoilette für beendet hielt. Und dann verließ er das Badezimmer. Sein nasses Handtuch war über den Rand der Wanne geworfen, aus der Zahnpastatube, die nicht wieder zugeschraubt worden war, floss ein weißer Streifen Zahnpasta auf das Spiegelbord, alles im Badezimmer war nass, außer der Seife – damit seine Mutter wusste, wer zuletzt im Bad gewesen war.

»Kannst du begreifen, dass die Leute morgens in ihren Betten liegen und schlafen mögen?«, sagte er zu Toker, als sie auf die Küchentreppe hinauskamen.

Es war ziemlich sicher, dass Toker das nicht begreifen konnte. Voller Morgenwonne rannte er über die Beete mit den Stiefmütterchen, dass es um seine Hinterläufe spritzte.

Rasmus kam mit der Leine.

»Toker, du weißt, dass du das nicht darfst! Komm, wir gehen auf die Straße und gucken, ob wir Tessie treffen.«

Das Letzte war eine Kriegslist, damit Toker sich willig anleinen ließ. Tessie war ein glatthaariges Dackelfräulein, für das Toker sich interessierte und das manchmal gerade um diese Zeit in ihrer Straße ausgeführt wurde. Toker gefielen diese morgendlichen Begegnungen sehr. Rasmus gefielen sie nicht. Denn Tessie wurde von einem gräulichen blonden Mädchen ausgeführt, das Marianne hieß. Nicht nur, dass sie ein Mädchen war – an sich schon eine beklemmende Eigenschaft –, sie wollte sich auch unterhalten. Das wollte Rasmus nicht. Unter gar keinen Umständen. Wenn Toker und Tessie sie zwangen sich zu treffen und Marianne dann mit ihrem Geplapper loslegte, befiel Rasmus eine ihm höchst ungewohnte Zungenlähmung. Er antwortete unwillig und einsilbig und hielt den Blick hartnäckig auf einen Punkt in weiter Ferne gerichtet, damit er um alles in der Welt nicht Marianne Dahlmann anzusehen brauchte.

»Es kommt daher, weißt du, weil ich Mädchen nicht leiden kann«, erklärte er Toker, »und das ist nur gut.«

Er überlegte einen Augenblick, *warum* das gut sei, und freute sich, als ihm die richtige Erklärung einfiel.

»Ja, wenn das nämlich nicht so wäre, dann würde ich sie ja leiden können und das will ich nicht ... denn ich kann sie nun mal nicht leiden.«

Aber heute hatte er Glück. Keine Marianne war zu sehen, er hatte die Straße für sich allein. Toker guckte allerdings ein bisschen traurig, als sie an Dahlmanns Gartenpforte vorbeikamen, aber Rasmus fing an zu rennen, damit er seine Enttäuschung vergaß, und Toker rannte bereitwillig und vergnügt mit.

Rasmus merkte plötzlich, dass es ein herrlicher Morgen war. Rasmus war keiner von denen, die in Entzücken gerieten über die Schönheit der Natur, aber er gab zu, dass es eben jetzt recht »hübsch« in ihrer kleinen Straße war. Er hatte sein ganzes Leben in dieser Straße gewohnt. Er wusste, wie sie zu jeder Zeit des Jahres aussah – im Herbst, wenn man in die Schule ging und einem welkes Laub um die Füße raschelte und auf dem Bürgersteig die heruntergefallenen Kastanien lagen, und im Winter, wenn die Torpfosten große, weiche Kappen von Schnee trugen und die kleinen Kinder in den Gärten Schneemänner bauten, aber nie war es hier so »hübsch« wie jetzt im Mai. Nicht dass er etwa so genau hinschaute, er hatte nur einen allgemeinen Eindruck von Apfelblüten und Vogelgezwitscher und grünen Rasenflächen mit Narzissen darauf, und das war in seinen Augen »hübsch«. Und er gab zu, dass es vielleicht doch nicht so übel war, still an ein und demselben Fleck zu wohnen, zum Mindesten, wenn dieser Fleck aussah wie ihr altes, grünes Haus an so einem frühen Maimorgen im Glanz der Sonne.

Munter pfeifend ging er die Straße ganz hinunter, dann bog er in eine Querstraße ein und ging an einer Weißdornhecke entlang bis zu einem weißen Gartentor. Dort blieb er einen Augenblick stehen und sah zu einer großen, weißen Villa hinüber, die hinter einigen hohen Ulmen und einem ganzen Meer von blühenden Apfelbäumen fast versteckt lag.

Er bückte sich und streichelte Toker.

»Hier, Toker, hier wohnt das achte Weltwunder. Weißt du, hier wohnt Joachim.«

Das interessierte Toker nicht. Wenn sein Herrchen vor Dahlmanns Gartentür stehen geblieben wäre und gesagt hätte: »Hier wohnt das achte Weltwunder, hier wohnt Tessie«, dann hätte das, was er sagte, ja einen Sinn gehabt – aber Joachim! Toker zerrte an der Leine und wollte weiter.

»Nein, Toker«, sagte Rasmus, »jetzt müssen wir nach Hause. Sonst komm ich zu spät in die Penne.«

Sie rannten den ganzen Weg zurück und waren beide ziemlich außer Atem, als sie zu Hause in die Küche stürmten.

Prick saß am Küchentisch mit einer Teetasse vor sich.

»Hej«, sagte Rasmus.

Er bekam nur eine undeutliche Antwort. Und er machte sich sogleich daran, sich sein Frühstück herzurichten. Er rührte Kakao an, er röstete Brot, er pfiff und redete mit Toker und es dauerte eine ganze Weile, bevor ihm klar wurde, dass mit Prick irgendetwas los war. Papa sagte immer, dass Prick mit einem Lied auf den Lippen aufstehe, aber das konnte sie heute nicht getan haben. Sie saß, den Kopf in die eine Hand gestützt, über ihre Teetasse geneigt und es sah aus, als habe sie geweint.

»Was ist denn mit dir? Tut dir der Blättermagen weh?«, fragte Rasmus teilnahmsvoll.

»Lass mich in Ruhe«, sagte Prick. Dann schwieg sie und seufzte.

Rasmus wurde unruhig.

»Was ist mit dir los? Weshalb seufzt du denn?«

Prick sah auf. Sie hatte Tränen in den Augen.

»Kannst du nicht still sein? Trink deinen Kakao und halt den Mund. Das wäre nett.«

Rasmus tat, wie sie sagte. Er setzte sich schweigend an den Tisch und fing an zu essen. Aber insgeheim schielte er zu seiner trauernden Schwester hin und die Unruhe in ihm nahm zu. Er ertrug es nicht, wenn jemand in seiner Familie niedergedrückt war. Alle sollten vergnügt sein, keiner durfte irgendwelchen Kummer haben, von dem er nichts wusste. Wohl war er manches Mal wütend auf Prick – sie war ebenso hitzig wie er selber und sie konnten die tollsten Zusammenstöße haben –, aber er hatte sie lieber, als er jemals zeigen würde, und es war ihm unerträglich, dass sie jetzt dort saß und in die Teetasse starrte, als habe alles Unglück der Welt sie getroffen. Schließlich legte er vorsichtig seine Hand auf ihren Arm und sagte leise:

»Prick, kannst du denn nicht sagen, was es ist? Ich mach mir Sorgen, wenn ich nicht weiß, warum du traurig bist.«

Prick sah mit tränenfeuchten Augen hoch. Sie streichelte seine Wange und er ließ es ohne Protest geschehen.

»Entschuldige, Rasmus«, sagte sie. »Du

brauchst dir deswegen keine Sorgen zu machen. Es ist nichts weiter, als dass es zwischen mir und Joachim aus ist.«

Rasmus fühlte sich grenzenlos erleichtert.

»Ach so, weiter nichts«, sagte er. »Weshalb heulst du dann aber? Du wechselst doch sonst alle Augenblicke.«

Prick lächelte matt.

»Du bist zu klein um das zu verstehen. Du weißt nicht, wie gern ich Joachim habe.«

Dann bekam sie plötzlich ganz schwarze Augen.

»Oder *hatte*«, sagte sie. »Jetzt hasse ich ihn. Er hat mein Leben zerstört.«

»Wirklich?«, fragte Rasmus erschrocken.

»Ja, und nicht genug damit – er hat mir auch den ganzen Abend zerstört!«

Rasmus schwieg. Will man etwas erfahren, dann ist es am klügsten, wenn man nicht zu viel fragt.

»Er ist ein großer Idiot«, sagte Prick heftig.

Rasmus nickte zustimmend.

»Ja, das fand ich auch immer«, sagte er.

Aber das war anscheinend nicht die rechte Art zu antworten. Prick schnauzte ihn an:

»Was willst du damit sagen? Das stimmt ja gar nicht!«

Aber dann dachte sie nach und ihre Augen wurden noch schwärzer.

»Doch, das ist er«, sagte sie. »Das ist er! Ich will

ihn nie mehr sehen ... Du kannst übrigens ruhig wissen, wie es kam, falls es dich interessiert.«

Rasmus sagte, es interessiere ihn. Und wutschnaubend begann Prick zu erzählen.

Joachims Vater besitze einen Haufen antiken Silbers, sagte sie, eine große schöne Sammlung, eine der schönsten in ganz Schweden. Und da sei ein Getränkekrug dazwischen, ein Humpen aus dem siebzehnten Jahrhundert, der stehe in einem Glasschrank in einem kleinen Raum ganz für sich ... Oh, dieser gemeine Joachim!

»Was hat er mit dem Humpen gemacht?«, fragte Rasmus.

»Du Schaf, mit dem Humpen hat er gar nichts gemacht«, sagte Prick. Aber da sei noch ein anderer Junge gewesen, Jan hieß er, der gehöre auch zu den Pling Plong Players und der sei auch in Prick verknallt, wie sich herausstellte.

»Dann kannst du ja jetzt den nehmen«, schlug Rasmus vor.

»Jan«, sagte Prick, »das ist ein noch größerer Idiot als Joachim und das will was heißen.«

Aber Jan habe den Humpen sehen wollen und Prick sei mit ihm zusammen in diesen kleinen Raum gegangen und habe ihn Jan gezeigt und da habe er ... oh, dieser Flegel!

»Hat er den Humpen kaputtgemacht?«, fragte Rasmus.

»Hör doch auf mit dem Humpen«, sagte Prick. »Er hat mich geküsst, das war's!«

»Ekelhaft«, sagte Rasmus und so meinte er es auch.

Und gerade in diesem Augenblick sei Joachim ins Zimmer gekommen und er habe alles missverstanden und gedacht, Prick *wollte* von Jan geküsst werden.

»*Wollte* geküsst werden?«, sagte Rasmus, als ob er seinen Ohren nicht traue. »Wie konnte er bloß so was Dämliches denken?«

»Ich sag doch, er ist ein Idiot«, sagte Prick. »Und weißt du, was er zu Jan gesagt hat? Er hat gesagt: ›Küss du Prick, so viel es dir beliebt, nur nicht bei mir zu Hause. Ich will sie nicht mehr haben.‹«

Prick stieß einen kleinen Schrei aus vor Wut und Verzweiflung.

»Ich will *ihn* nicht mehr haben, das kann ich dir sagen!«

»Ja, aber dann ist es doch nur gut, dass du ihn los bist«, sagte Rasmus tröstend.

Da weinte Prick wieder.

»Du bist zu klein um zu verstehen, wie es ist«, sagte sie.

Rasmus sah ein, dass er zu klein war um zu verstehen, wie es war. Er strich sich Butter und Marmelade auf eine neue Scheibe Röstbrot und wollte sie gerade zum Mund führen, als ihm ein Gedanke durch den Kopf schoss.

»Mensch, jetzt klebt er dich vielleicht auch in den Ausverkaufskatalog?«

Von Prick kam ein Wimmern.

»Ja, das ist es doch, wovor ich solche Angst habe. Oh, ich möchte lieber tot sein als unter all diesen dummen Mädchen zu landen!«

»Aber hast du ihm nicht gesagt, dass du dein Foto wiederhaben willst?«, fragte Rasmus.

Prick nickte heftig.

»Klar hab ich das gesagt. Aber er hat nur höhnisch gelacht und gesagt, er wollte es als ein kleines Andenken behalten. Er sagte ... oooh ...«

Prick weinte.

Donnerstags, wenn der Vater erst um zehn Uhr im Revier zu sein brauchte, schliefen die Eltern sich aus. Aber jetzt waren sie wach geworden. Rasmus konnte seinen Vater im Badezimmer laut trällern hören.

»Sag Mama und Papa nichts davon«, sagte Prick schnell.

Rasmus schüttelte den Kopf.

»Nein, das ist doch klar ... Übrigens muss ich jetzt los zur Schule.«

Von Toker kam ein verzweifeltes Wimmern. Mit den traurigsten braunen Augen der Welt klagte er sein Herrchen an. Wollte er nun wieder weggehen? Rasmus bückte sich und streichelte ihn.

»Ja, Toker, die Lehrer können ohne mich nicht leben!«

Er nahm seine Schulbücher und rannte davon. An der Gartenpforte blieb er stehen um Toker zu-

zuwinken. Der saß wie gewöhnlich an dem kleinen Fenster im Flur und guckte Rasmus nach. Aber das Fenster war anscheinend nicht ordentlich geschlossen, denn plötzlich flog es auf und Toker kam mit einem Jubelgekläff herausgeschossen und rannte über den Rasen gerade auf Rasmus zu. Er bellte wie toll, um seinem Herrchen begreiflich zu machen, welch ein gelungener Streich das war.

»Weißt du was, Toker«, sagte Rasmus, »ich glaube allmählich, du kannst auch Fenster aufmachen, was?«

Toker bellte und redete von anderen Dingen. Wie er es anstellte, Fensterhaken aufzumachen, das war seine Privatangelegenheit.

Aber sein Herrchen schleppte ihn erbarmungslos in die Gefangenschaft zurück. Er brachte ihn in die Küche und sagte zu seiner Mutter:

»Guten Morgen, Mama, jetzt lauf ich los. Aber mach bitte das Flurfenster gut zu, sonst springt Toker raus.«

Dann ging er in die Schule und er dachte weder an Toker noch an Pansen, Blättermagen, Netzmagen und Labmagen; es waren Prick und ihr Kummer, die seine Gedanken beschäftigten, und seine Miene war so vergrübelt, dass Pontus einen Schrecken bekam und glaubte, er sei krank.

»Nöö, es ist bloß wegen Prick«, sagte Rasmus.

»Was ist denn mit Prick los?«, fragte Pontus.

Rasmus zog eine Grimasse. »Liebe und Elend.«

Pontus sah sehr teilnahmsvoll aus.

»Ist sie ins Elend geraten?«

»Ja eben«, sagte Rasmus. »In ein schauderhaftes Elend!«

Und dann erzählte er Pontus alles. Es war so selbstverständlich, dass er es tun musste. Er wusste, Pontus schwieg unverbrüchlich, und die beiden hatten keine Geheimnisse voreinander. Und außerdem begann in Rasmus' verwegenem Kopf ein Plan zu reifen, ein Plan, für den er Pontus' Hilfe brauchte, wenn er ihn durchführen wollte.

Sie hatten in der ersten Stunde Biologie und da hatte er viel Zeit zum Denken, da konnte er seinen Plan gründlicher ausarbeiten und ihn in der Pause Pontus fix und fertig vorlegen.

»Nun, aber der vierte von den Kuhmägen, wie heißt der?«, fragte der Biologielehrer.

Pontus sollte antworten, aber er kam um alles in der Welt nicht auf die Sache mit dem Pansen. Er wusste nur, es klang wie Panschen, ihm schwebte etwas von Wasser vor, er schwieg aber sicherheitshalber und die Frage ging weiter.

»Der vierte von den Kuhmägen ... Rasmus?«

Rasmus zuckte zusammen.

»Katalog«, sagte er schlaftrunken.

Die Klasse lachte und Doktor Hellgren schüttelte den Kopf.

»Man merkt, dass ihr gestern zwei Stunden schulfrei gehabt habt.«

In der Pause sorgte Rasmus dafür, dass er mit Pontus in einer Ecke des Schulhofes allein stand.

»Du, Pontus, willst du der Rettungsmannschaft beitreten?«

Pontus begriff nichts.

»Welcher Rettungsmannschaft?«

»Der Rettungsmannschaft für die Opfer der Liebe«, sagte Rasmus. »Ich hab sie soeben gegründet ... Guck mal, da geht übrigens dieser blöde Joachim.«

Er starrte böse auf den dunkellockigen jungen Mann, der gerade mit zwei anderen Gymnasiasten zusammen vorbeispazierte. Das war dieser Lump, der Prick zum Weinen gebracht hatte.

»Prick findet ihn sicher toll«, mutmaßte Pontus. »Mit diesem Haar und solchen schwarzen Augen – sie findet ihn todsicher vornehm und interessant.«

Rasmus schnaufte. »Er kann so vornehm und interessant aussehen, wie er will«, sagte er. »Er kann Gitarre spielen und der Beste in Sport sein und die Mädchen können in ihn verknallt sein, so viel sie wollen – eins ist todsicher!«

»Was denn?«, fragte Pontus.

»Er darf meine Schwester nicht in einen Ausverkaufskatalog kleben.«

»Nee, nee, natürlich nicht«, sagte Pontus. »Aber was willst du dagegen machen?«

»Ich kann hingehen und ihm den ganzen Katalog klauen. Das werd ich tun.«

Pontus sperrte die Augen weit auf.

»Du bist ja verrückt! Wie willst du das machen?«

Rasmus sah entschlossen aus, ganz so entschlossen und eigensinnig wie immer, wenn er sich ernstlich irgendwas Wahnsinniges in den Kopf gesetzt hatte.

»Ich klau ihn heute Nacht, wenn er schläft. Kommst du mit?«

Pontus riss die Augen noch weiter auf und es gluckerte in seinem Innern vor Entzücken. Hätte Rasmus vorgeschlagen, sie sollten die Schule umkippen und die Lehrer ins Kittchen sperren und selbst nach Amerika ausreißen, dann hätte Pontus ebenfalls entzückt ausgesehen. Seiner Ansicht nach machte Rasmus die großartigsten Vorschläge. Ihm selbst fielen nicht so gute ein, das wusste er. Aber er machte jeden Unfug mit, was es auch sei. Sich bei Joachim einschleichen! Er kicherte bei dem Gedanken.

»Oh, hoffentlich platz ich nicht vor Lachen. Glaubst du wirklich, wir kommen rein?«

Rasmus nickte.

»Wir versuchen es wenigstens. Stell deinen Wecker auf halb zwei heute Nacht.«

Sie redeten während der ganzen Pause von nichts anderem und hatten ihren Spaß dabei. Die Abenteuerlust packte sie wie ein Fieber. Pricks Kummer rückte allmählich in den Hintergrund. Jetzt war das Ganze ein gefährliches und aufregendes und unterhaltsames Spiel geworden. Die »Rettungsmannschaft für die Opfer der Liebe« wirkte daher außerordentlich angeregt, als die nächste Stunde begann. Ihre Gesichter strahlten einen Eifer aus, der ihren Mathematiklehrer rührte und auch freute. Als er Pontus so verschmitzt und zufrieden in seiner Bank sitzen sah, kraulte er ihn mit dem Zeigestock im Haar und sagte:

»Du siehst heute so vergnügt aus, Bruder Pontus. Du freust dich wohl, dass du rechnen lernen darfst?«

Pontus kicherte lautlos und antwortete nicht.

»Und Rasmus Persson, du siehst ja mächtig weise aus«, fuhr der Lehrer fort. »Da kann man mal sehen, wie nützlich es ist, ab und zu draußen auf dem Flur zu sitzen und nur zu denken.«

Die beiden Vergnügten und Weisen tauschten einen Blick geheimen Einverständnisses. Sie wollten es dem Doktor gern recht machen und einige kleine Aufgaben für ihn rechnen; aber es war schwer, die Gedanken von dem abzuwenden, was so unendlich viel wichtiger war.

Die Stunden wurden lang, der Schultag schleppte sich dahin. Aber endlich läutete die Glocke die letzte Stunde aus und wie eine Meute Bluthunde stürzten fünfundzwanzig Jungen zur Tür, Rasmus und Pontus allen voran. Mitten im Türrahmen versuchte Stig sich vorbeizuquetschen. Er stieß Rasmus seinen spitzen Ellbogen in die Rippen.

»Musst du zum Zug?«, fragte Rasmus hitzig.
Stig machte ein hämisches Gesicht.
»Nein, du?«
»Warum drängelst du dann so?«
»Warum drängelst *du* denn, Herzchen?«

Draußen auf der Straße hatten sie eine handfeste Auseinandersetzung darüber, wer eigentlich gedrängelt hatte, und es kamen noch viele Knüffe hinzu, während sie versuchten darüber Klarheit zu schaffen. Es gab eine ganze Menge alter Streitfragen zwischen ihnen, die ebenfalls mal geklärt werden mussten, und so wurde daraus, wie Pontus zufrieden feststellte, »eine große Schlägerei mit beiden Fäusten«.

Alles wäre gut gewesen, wenn die Polizei nicht eingegriffen hätte.

»Was sehe ich: Schlägerei auf offener Straße?«, hörte Rasmus plötzlich seinen Vater sagen. »Grober Unfug und ich weiß nicht was!«

Er packte seinen Sohn beim Nackenfell um die Kämpfenden zu trennen, aber Rasmus wollte nicht.

»Widerstand gegen die Polizei«, sagte sein Vater mit erhobener Stimme. »Möchten die Herren so gut sein auseinander zu gehen, sonst steck ich euch in den Knast.«

Die Herren gingen widerstrebend auseinander und verschwanden jeder in seine Richtung.

»Da kannst du sehen, wie es ist, wenn man einen Vater hat, der Polizist ist«, sagte Rasmus, als er mit Pontus allein war. Er blutete aus der Nase und seine Oberlippe war geschwollen. Er hatte sich wüst geschlagen und dennoch hatte er es nicht geschafft, Stig klarzumachen, wer eigentlich gedrängelt hatte, und zwar nur, weil Papa dazugekommen war und sich eingemischt hatte.

»Ach was, Stig hat allerhand abgekriegt«, sagte Pontus.

»Spar du dir deine Kräfte für heute Nacht auf.«

Er stellte sich auf dem Bürgersteig mitten vor Rasmus hin und untersuchte die geschwollene Lippe.

»Du siehst jetzt irgendjemand ähnlich«, sagte er nachdenklich. Und dann brach er in Gelächter aus.

»Jetzt weiß ich es! Du siehst genauso aus wie Frau Andersson in unserem Haus.«

Als sie sich trennten, lachte Pontus immer noch.

»Wiedersehen, Frau Andersson«, rief er. »Wir sehen uns heute Nacht, Frau Andersson!«

Aber Rasmus' Mutter lachte nicht, als sie seine geschwollene Lippe sah.

»Du lieber Himmel«, sagte sie, »mit wem hast du denn diesmal gespielt?«

»Seh ich aus, als hätte ich *gespielt*?«, sagte Rasmus grimmig. »Nein, ich seh aus wie Frau Andersson drüben am Läusemarkt, sagt Pontus.«

Das Abendessen verlief nicht so vergnügt wie sonst. Sonst war es immer eine der besten Stunden des Tages, fand Rasmus. Er mochte gern gut essen. Es war schön, mit Mama und Papa und Prick zusammen in einer gemütlichen Küche zu sitzen und zu essen und sich zu unterhalten und zu lachen und die ganze Zeit Toker wie einen kleinen warmen Klumpen neben seinen Füßen zu spüren.

Aber heute war es trübselig. Prick sah aus, als ob ihr das Elend des Lebens bis zum Hals stände, und außerdem gab es gekochte Makrelen. Das war ein Essen, das jedem im Hals stecken bleiben konnte, fand Rasmus. Und er selber sah aus wie Frau Andersson am Läusemarkt! Die Frau musste wirklich komisch aussehen, denn Papa lachte, als er nach

Hause kam und Rasmus sah. Papa war guter Laune wie immer. Es war schön, einen Vater mit Sinn für Humor zu haben, aber er hätte etwas mehr Rücksicht auf Prick nehmen können, hätte sie nicht so anzustarren und zu sagen brauchen: »Was ist denn hier los? Ist Jahresversammlung im Verband der Schlafmützen oder was?« Da war Mama feinfühliger. Sie merkte wohl auch, dass mit Prick etwas nicht in Ordnung war, sagte aber nichts.

Die Specklippe spannte ... Sie machte es nicht leichter, die Makrele runterzubekommen. Rasmus stocherte unlustig an seinem Stück Fisch herum. Seine Mutter pflegte immer zu sagen, man solle aufhören zu essen, wenn es am besten schmecke. Und als Rasmus zwei Happen heruntergewürgt hatte, legte er die Gabel aus der Hand.

»Du, Mama«, sagte er und schob den Fisch zurück, »*jetzt* schmeckt es mir gerade am besten!«

Seine Mutter hatte auch Sinn für Humor, aber selten, wenn es wirklich nötig war.

»Iss auf, was du auf dem Teller hast«, sagte sie und alle Einwände, dass die Lippe spanne, halfen nichts.

»Spannt die Lippe auch, wenn du Apfelauflauf essen sollst?«, fragte Mama.

Das tat sie nicht, komischerweise. Er konnte jede beliebige Menge runterkriegen.

»Aber das kommt wohl durch die Vanillesoße«, vermutete Rasmus.

Prick saß schweigend dabei und Rasmus begriff: Wenn die Liebe in die Leute fuhr, waren sie für jeden Trost unempfänglich, da half nicht einmal Apfelauflauf mit Vanillesoße. Sie tat ihm so Leid, dass er sich anbot abzutrocknen, obwohl es nicht seine Woche war. Prick sah dankbar aus.

»Du bist lieb«, sagte sie und verschwand hastig in ihrem Zimmer.

Rasmus band sich die große Küchenschürze um und machte sich ans Werk. Er kam sich in der Tat sehr lieb vor, ein Ritter ohne Furcht und Tadel, der einerseits in die Nacht hinauswollte, um die Ehre seiner Schwester zu retten, und andererseits für sie Geschirr abtrocknete.

Die Mutter wunderte sich darüber, dass er freiwillig abtrocknete.

»Ich verrichte nur die gute Tat des Tages«, sagte er erklärend. »Ja, eine hab ich natürlich schon getan, ich hab ja Stig zusammengestaucht.«

»*Diese* Art von guten Taten solltest du, glaube ich, lieber bleiben lassen«, sagte sein Vater. »Wenigstens mitten auf der Straße.«

»Darf man auf der Straße keine guten Taten tun?«, fragte Rasmus und sah sich das Glas genauer an, das er eben poliert hatte.

»Es kommt wohl ein bisschen darauf an, was es für Taten sind«, sagte die Mutter. »Wenn du kleinen Kindern und alten Damen im Verkehr hilfst oder so, dann bist du ein feiner Kerl, aber nicht, wenn du dich prügelst.«

Rasmus nahm das nächste Glas.

»Tsss, manchmal *muss* man sich prügeln. Aber Pontus und Sverre und ich haben jedenfalls gestern Frau Enoksson über die Große Straße geholfen.«

Mama sah ihn wohlgefällig an.

»Wie süß du bist mit deiner Lippe und deinen Sommersprossen und dieser großen Küchenschürze«, sagte sie. »Waren denn aber gleich drei nötig um Frau Enoksson über die Straße zu helfen?«

»Ja, sie wollte nämlich nicht«, sagte Rasmus. »Sie hat sich gesträubt.«

Seine Eltern machten so erschrockene Gesichter, dass er schnellstens erklären musste, wie es zusammenhing: *Erst* hatte Frau Enoksson über die Straße gewollt, aber als sie halbwegs drüben gewesen war, hatte sie Angst vor einem Auto gekriegt und wieder zurücklaufen wollen. Das hatten sie doch verhindern müssen.

»Und das war doch eine gute Tat, wenn wir dafür gesorgt haben, dass sie nicht überfahren wurde«, sagte Rasmus stolz.

Eigentlich war es gar nicht langweilig abzutrocknen, man konnte dabei so schön reden. Papa saß am Küchentisch und las die Zeitung, aber hin und wieder warf er auch ein Wort ein. Mama wusch mit Blitzesschnelle ab, Rasmus begriff nicht, wie sie so mit Gläsern und Porzellan klappern konnte, ohne dass es kaputtging. Einmal, als er selber abwusch, hatte er es genauso zu machen versucht und da gingen gleich drei Gläser zu Bruch, ehe er noch richtig angefangen hatte.

»Wie war es denn gestern auf dem Jahrmarkt?«, fragte sein Vater plötzlich. »Davon hast du noch gar nichts erzählt.«

»Prima«, sagte Rasmus. »Da war ein Schwertschlucker, der war prima.«

Er trocknete schweigend weiter ab und musste daran denken, wie Pontus ausgesehen hatte, als die Maus abgesaust war, und wie Alfredo mit dem Gesicht nach unten über dem Waschzuber gelegen hatte. Aber das waren so Sachen, die konnte man Papa und Mama nicht erzählen.

»Ja, es war wirklich prima«, sagte er und lachte leise in sich hinein.

Im nächsten Augenblick schleuderte er die Schürze von sich und ging laut pfeifend in sein Zimmer. Der Abwasch war fertig, jetzt wollte er die Rechenaufgaben machen. Ihm schwebte vor, er müsse ordentlich seine Pflicht tun, wenn er bei seinem nächtlichen Unternehmen Glück haben wollte, und wenn es etwas half, ein paar Rechenaufgaben zu machen, dann . . .

Hinterher sah er zu Prick hinein. Sie saß in ihrem Zimmer am Fenster und starrte gedankenverloren auf die blühenden Apfelbäume draußen. Rasmus lächelte geheimnisvoll, als er daran dachte, wie froh sie morgen sein würde. Er überlegte, ob er ihr nicht jetzt schon von seinem glänzenden Plan erzählen sollte, aber er begnügte sich damit, ihr beruhigend auf die Schulter zu klopfen.

»Du brauchst nicht traurig zu sein, Prick! Nicht solange du einen Bruder hast, der da vielleicht was deichseln kann.«

»Du deichselst da bitte gar nichts«, sagte seine undankbare Schwester.

Da ging er wieder in sein Zimmer. Er legte sich der Länge nach auf den Teppich neben Toker und begann »Bärenprankes letzter Kampf« zu lesen. Es war ein spannendes und gutes Buch. Er war mitten in einem wilden Indianerkampf, als seine Mutter kam und sagte, es sei jetzt Zeit zum Schlafengehen. Der Ordnung halber protestierte er, aber nicht sehr. Er wusste ja, dass er zu schlafen versuchen musste, denn bald musste er schon wieder hoch.

Er zog sich schnell aus und wollte eben ins Bett springen. Aber da griff seine Mutter ein.

»Und erst waschen wir uns! Auch die Füße!«

»Tsss«, machte Rasmus. Wo er doch nur bis halb zwei schlafen würde – was für ein überflüssiger Aufwand! Er versuchte seiner Mutter einzureden, dass seine Füße bestimmt nicht schmutzig seien. Es sehe nur so aus, weil sie im Schatten seien.

»Dann ist es ein Schlagschatten, der abfärbt«, sagte Mama. »Geh und wasch dich!«

Er kämpfte so lange wie möglich dagegen, aber

er wusste, es war hoffnungslos. Widerstrebend ging er ins Badezimmer.

»Schmutzprankes letzter Kampf«, hörte er die Stimme seiner Mutter hinter sich.

Manchmal hatte sie tatsächlich Sinn für Humor ... tsss!

Ziemlich sauber, ziemlich müde und ziemlich zufrieden lag er dann in seinem Bett mit der Nase an Toker.

»Du darfst keinen Schreck bekommen, wenn der Wecker heute Nacht klingelt, Toker. Der Wecker klingelt für mich – aber du, du musst weiterschlafen!«

Nie hatte er gewusst, dass Wecker einen solchen Heidenlärm machen, wenn sie nachts klingeln. Er fummelte wild nach dem Abstellknopf. Eine derartige Höllenstimme musste ja das ganze Haus aufwecken! Toker jedenfalls war hellwach und dachte offenbar, es sei ausnahmsweise mal so ungefähr zur rechten Zeit Morgen geworden.

»Nein, Toker«, flüsterte Rasmus, »es ist noch nicht Morgen, geh und leg dich wieder hin!«

Toker legte den Kopf schief und sah äußerst erstaunt aus. Er überlegte. Es musste doch Morgen sein, wenn sein Herrchen aus dem Bett sprang und sich in solcher Eile anzog? Allerdings, irgendetwas stimmte nicht. So dunkel durfte es nicht sein. Und sein Herrchen durfte nicht so schleichen, als sei was Gefährliches im Gange. Warum tat er das? Toker kläffte laut und fragend auf.

»Oh, kannst du nicht still sein«, flüsterte Rasmus flehentlich.

Toker verstummte. Aber er konnte sich trotz allem nicht zufrieden geben, das hier musste er überwachen. Jetzt tappte sein Herrchen in den Flur hinaus, also wollte er doch ausgehen!

Toker blieb seinem Herrn entschlossen auf den Fersen. Wenn es nun wirklich Morgen war, dann war es das heilige Recht des Hundes hinauszudürfen. Er jaulte laut um darauf hinzuweisen.

»Liebster Toker«, flüsterte Rasmus in seiner Herzensangst, »geh rein und leg dich in dein Körbchen. Du kannst jetzt nicht mitkommen.«

Da war Toker beleidigt. In höchstem Maße beleidigt war er. Er blieb stehen und sah sein Herrchen an. Alle Vorwürfe der Welt lagen in seinem Blick. Aber es war dunkel in der Diele, da sieht ein armer kleiner Hund nur aus wie ein dunkler Klumpen auf dem Fußboden. Niemand erkennt, was er mit den Augen zu sagen versucht.

»Ich komm bald wieder nach Hause, Toker«, flüsterte Rasmus. Dann öffnete er vorsichtig die Haustür und schlüpfte nach draußen. Auf der Veranda blieb er ein paar Sekunden stehen und lauschte ins Haus zurück. Aber Toker schwieg und alles war still. Er atmete vor Erleichterung tief auf.

Hier draußen war es Nacht, oh, *wie* es Nacht war! Wenn auch keineswegs dunkel. Nur so ein Dämmerlicht, wie es in Mainächten ist. Ihm fiel ein, was Mama neulich abends zu Papa gesagt hatte:

»In diesen hellen Nächten im Mai und Juni, da sollte man überhaupt nicht schlafen gehen.«

Na, dann würde sie wohl zufrieden sein, wenn sie ihn jetzt sehen könnte. Sehen, dass es wenigs-

tens einen in der Familie gab, der wach war, wenn er wach sein sollte.

Und dort stand Pontus schon an der Gartentür und wartete. Er sah verfroren aus und ernst. Vielleicht bereute er es, dass er in die »Rettungsmannschaft für die Opfer der Liebe« eingetreten war. Oder war es nur, weil er sich nicht darauf verstand, in Mainächten wach zu sein?

Sie nickten einander zu und wagten kaum zu sprechen. Rasmus zeigte schweigend seine Taschenlampe, damit Pontus sah, dass er das Wichtigste nicht vergessen hatte. Und ohne ein Wort, zusammengekrümmt, die Hände in den Hosentaschen und dicht aneinander gedrängt trabten sie los, ihrer nächtlichen Tat entgegen, Einbrechern nicht unähnlich, die auf dem Weg zu der anstrengenden Arbeit der Nacht waren.

Die Straße lag still und verlassen da, dunkel und still war es in allen Häusern, kein einziges Licht war zu sehen, aus dem man schließen konnte, dass jemand wach war. »Diese ganze Stadt schläft jetzt«, flüsterte Rasmus. »Nur wir nicht!«

Es war ein unerhörtes Gefühl, in einer schlafenden Stadt die Einzigen zu sein, die wach waren.

»Ich will nur hoffen, der kleine Joachim ist auch ordentlich eingeschlummert«, sagte Pontus grimmig.

Und dunkel war es wirklich in dem vornehmen Landhaus unter den Apfelbäumen. Sie standen am Tor und spähten hinein – genauso wie Rasmus es am Morgen getan hatte. Aber wie war jetzt alles anders, wie war nachts alles verändert! Es roch anders und *war* anders. Eigentlich viel schöner, dachte Rasmus. Die Apfelblüten leuchteten so weiß, Joachims Garten sah fast aus wie ein Traumgarten, genau so, als ob jemand ihn träumte ... Vielleicht war er es selber? Oder vielleicht Joachim? Denn warum sollte er sich die Mühe machen, ausgerechnet für Joachim einen Garten zusammenzuträumen? Der träumte wohl sowieso nur davon, wie er mehr und mehr Mädchen für seinen Ausverkaufskatalog kriegen konnte! Rasmus wurde wütend, als er daran dachte. Mit Fräulein Prick Persson würde er jedenfalls in Zukunft nicht mehr rechnen können. Denn nun nahten ihre Rächer in der Nacht.

Sehr leise nahten sie. Sehr leise öffneten sie das Gartentor ... Hier kommen zwei Rächer in blauen Leinenhosen und Turnschuhen im Dunkeln zwischen weißen Apfelbäumen angetappt. Vor dem Kiesweg hüten sie sich – auch wenn dort ganze Schwaden von abgefallenen Blütenblättern liegen, so geht man doch leiser und sicherer auf Gras. Der Rasen ist nass von Tau und die Feuchtigkeit dringt durch ihre Schuhe. Davon wird einem etwas kalt. Aber vor allem macht es die Spannung, dass ihnen kalte Schauer über den Rücken laufen. Denn jetzt wollen sie in ein schlafendes Haus eindringen und das ist wirklich ein ziemlich aufregendes Unternehmen.

In diesem Haus wohnt der reichste Mann der Stadt. Jedenfalls sagen die Leute, keiner sei so reich wie Baron von Rencken. Das Haus ist voll gestopft mit Kostbarkeiten. Aber eine Frau hat er nicht . . . er hat nur all seine Kostbarkeiten und dann Joachim und der ist wohl auch so ein Kleinod, denkt Rasmus verächtlich.

Es wird erzählt, dass er nett sei, dieser von Rencken. Aber wenn man mitten in der Nacht durch das Fenster zu ihm hineinsteigt und ihm ins Weiße seiner Augen starrt, da weiß man ja nicht genau, wie nett er ist! Ob übrigens irgendwo ein Fenster offen ist? Ja, im oberen Stock stehen zwei sperrangelweit offen – zur Freude aller Mücken und Rächer in der Nacht. Und außerdem lässt Baron von Rencken gerade in diesen Tagen sein Haus neu streichen. Die Maler haben eine Leiter an der Hauswand stehen lassen, gerade unter dem offenen Fenster an der einen Giebelfront. Die Rächer sehen sich zufrieden an. Das hier artet zum reinsten Spaziergang aus!

Aber auch im Keller ist ein Fenster offen. Übrigens nicht nur offen, sondern ganz und gar ausgehängt. Es liegt im Gras – merkwürdig.

Rasmus zeigt stumm darauf – der Weg durch den Keller! Das ist der sicherste, hier liegt bestimmt um diese Zeit kein Baron auf der Lauer.

Er steckt den Kopf durch die Fensteröffnung, horcht und schnuppert, leuchtet mit der Taschenlampe. Dies ist anscheinend der Brennholzkeller des Hauses. Rasmus kann irgendwo unten auf dem Fußboden einen Holzhaufen erkennen. Pontus muss solange die Taschenlampe halten. Rasmus schwingt die Beine über das Fenstersims, lässt sich an den Armen hinunter und gleitet auf den Holzhaufen nieder. Die Holzscheite geben unter seinen Füßen etwas nach und es poltert beunruhigend laut. Da kichert Pontus draußen. Er kichert auch, als er nun selber drankommt und der Holzhaufen unter ihm kracht, aber eigentlich hat er solche Angst. Sie haben beide Angst, stehen eine Weile da und trauen sich nicht sich zu rühren. Aber es ist still in dem großen Haus, vollkommen still, und allmählich wagen sie sich die Kellertreppe hinauf. Und nun sind sie in der Küche, wo es nach Beefsteak und Zwiebeln riecht. Das wirkt beruhigend – immerhin sind sie nicht bei Menschenfressern gelandet.

Er wohnt wirklich vornehm, der Herr Baron! Er hat große Salons voll schwerer alter Möbel und Glasschränke mit silbernem Geschirr . . . Sie können einiges von der Herrlichkeit erkennen, während sie auf Zehenspitzen durch die Räume wandern. Rasmus lässt die Taschenlampe über die Vitrinen huschen: Einen solchen Überfluss haben sie ihr Lebtag nicht gesehen.

»Oje, so viele Silbertöpfe«, flüstert Pontus, »der muss fünfzigsten Geburtstag gehabt haben, Joachims Vater!« Aber im nächsten Augenblick steht er wie angewurzelt da.

»Hast du gehört?«

Er sieht ganz verstört aus, so dass Rasmus auch Angst bekommt, obwohl er nichts gehört hat.

»Was denn? Was war das?«

»Schritte«, flüstert Pontus. »Da schleicht jemand im Haus herum.«

Wer kann hier herumschleichen, wenn nicht der Baron? Oder etwa Joachim, oh, möge es wenigstens Joachim sein! Der Baron wird niemals verstehen, dass es nur die »Rettungsmannschaft für die Opfer der Liebe« ist, die eben einmal hereinschaut.

Völlig gelähmt stehen sie da und warten. Warten und schwitzen vor Entsetzen. Aber es kommt kein Baron und auch kein Joachim. Alles ist wieder still.

Ach was, dann war es sicher nur Einbildung. Wenn man Angst hat, kann man sich wer weiß was einbilden. Sie beschließen keine Angst mehr zu haben und werden beinahe übermütig. Das geht doch gut hier, keine Barone in den Ecken!

»Wo der wohl sein Zimmer hat, dieser Joachim?«, flüstert Pontus.

»Da oben natürlich. Komm mit!«

Sie tasten sich so leicht die breite Eichentreppe zum oberen Stock hinauf, als seien sie hier Kinder im Hause.

Aber dort oben sind viele Türen, unter denen sie wählen müssen. Hinter welcher schläft wohl Joachim? Rasmus macht die erste beste behutsam einen Spalt weit auf. Ob hier Joachims Zimmer ist?

Da drinnen steht ein großes Bett. Und da liegt jemand und schnarcht. Dieser Jemand schnarcht sehr sonderbar.

»Grr ... püsch, grr ... püsch«, so klingt es.

Bestimmt schnarchen nur alte Barone so, Joachim würde so was nicht zu Stande bringen, davon sind sie überzeugt.

»Grr ... püsch ...«

Pontus kichert. Aber Rasmus hat schon die nächste Tür geöffnet. Dort schnarcht niemand, es ist völlig still. Aber dort liegt einer im Bett, ein schöner, dunkellockiger Kopf ruht auf dem Kissen.

Der schläft wahrhaftig ruhig, der liegt nicht wach, dieser Joachim, und macht sich Gedanken darüber, dass er Pricks Leben zerstört hat. Rasmus beleuchtet ihn mit seiner Taschenlampe.

»Kleiner, dummer Baron, wo hast du deinen kleinen, dummen Katalog?«

Er hat ihn doch hoffentlich nicht unterm Kopfkissen liegen, während er schläft? Der Schein der Taschenlampe irrt suchend im Raum umher.

Beim jungen Herrn Baron ist es ebenfalls sehr vornehm. Nur Silber gibt's nicht. Aber einen großen, prachtvollen Schreibtisch und Bücherregale und behagliche Sessel und die Gitarre an der Wand. Auch sehr schöne Gemälde, keine Filmstars angeklebt wie zu Hause in Pricks Zimmer.

Aber er braucht ja keine Filmstars, wenn er einen ganzen Katalog voller Mädchen hat.

Auf den Bücherregalen liegt nichts, was wie ein Ausverkaufskatalog aussieht. Vergebens huscht die Taschenlampe über die Buchtitel. Aber auf dem Schreibtisch liegen auch Bücher. Allgemeine Geschichte fürs Gymnasium ... Schwedische Literaturgeschichte ... Französische Grammatik ... Er scheint fleißig zu sein, der Joachim! Englische Schreibübungen ... Ausverkaufskatalog, hurra, *Ausverkaufskatalog!* Rasmus stößt darauf nieder wie ein Habicht.

Er dreht sich zu Pontus um.

»Ich hab ihn!«

Aber Pontus steht wieder ganz still und außer sich vor Schrecken da und seine Stimme erreicht Rasmus nur wie ein Geisterhauch.

»Du, hier *schleicht* aber jemand im Haus rum. Ich glaub, es kommt jemand!«

Mit ein paar kurzen, schnellen Sätzen ist Rasmus am Fenster.

»Schnell! Wir klettern hier raus!«

Da steht ja die Leiter, die Leiter, die die Maler stehen gelassen haben! Gott segne sie! Es dauert nur wenige Sekunden und schon sind sie hinaus und auf der Leiter nach unten geklettert. Sie rennen zwischen den Apfelbäumen davon, als brenne das Gras unter ihren Füßen.

»Glaubst du wirklich, dass da einer war?«, fragt Rasmus außer Atem. Sie sind jetzt in seiner eigenen Straße angelangt, stehen unter einer Straßenlaterne und verschnaufen sich, triumphierend und glücklich, dass sie in Sicherheit sind.

Pontus kichert.

»Ja, was weiß ich. Aber angehört hat es sich so.«

Doch Rasmus sieht nur auf den Katalog, den kostbaren Katalog, den sie dem Joachim geraubt haben.

»Ach was, die haben vielleicht ein altes Familiengespenst, das nachts im Haus herumtrabt.«

Er blättert eifrig in dem dicken Heft.

»Was für 'ne Masse Bräute!«

Ja, da sind eine ganze Menge Mädchen und alle miteinander lächeln so freundlich und wissen nicht, dass sie jetzt in Joachims Katalog sind. Aber wo ist Prick? Wo ist ein blondes, naseweises Mädchen mit Pferdeschwanz und Lachgrübchen?

Rasmus sucht lange. Dann guckt er Pontus betroffen an.

»Prick ist nicht dabei.«

Er steht still und niedergeschlagen da und überlegt.

»Komm«, sagt er entschlossen, »wir gehen wieder zurück! Ohne Prick geh ich nicht nach Hause!«

Pontus kichert, als ob ihn jemand gekitzelt hätte.

»Du hast sie wohl nicht mehr alle? Wir können doch nicht die ganze Nacht bei Joachim rein- und rausklettern!«

Aber Rasmus erklärt es ihm. Er hat wohl so viel zu tun gehabt, der arme Joachim, dass er nicht dazu gekommen ist, Pricks Foto schon einzukleben. Und wenn Rasmus jetzt auch den Ausverkaufskatalog geklaut hat, so ist es ja für so einen wie Joachim eine Kleinigkeit, in einem neuen Heft eine neue Serie anzulegen mit Prick auf der ersten Seite. Und das darf nicht geschehen, solange ihr Bruder lebt und gesund ist und Leitern raufklettern kann.

»Gehst du mit?«

Pontus nickt.

»Klar geh ich mit.«

Geduldig galoppieren sie denselben Weg wieder zurück. Dieselbe Straße. Dieselbe Weißdornhecke. Dasselbe weiße Gartentor. Dasselbe feuchte Gras. Dieselbe Leiter. Ja, diesmal nehmen sie gleich die Leiter. Jetzt wissen sie ja, wo Joachims Zimmer ist.

Und da liegt er, derselbe kleine Joachim, und schläft genauso ruhig wie vorhin. Über einem Stuhl hängt seine Jacke.

Was hatte Prick heute Morgen noch gesagt?

»Erst trägt er einen dicht an seinem Herzen und dann landet man im Ausverkaufskatalog.«

Da sie nicht im Katalog ist, muss er sie noch immer dicht an seinem Herzen tragen, das heißt in der Brieftasche. Um dahinter zu kommen bedarf es nicht allzu großer Schläue. Und die Brieftasche kann nirgendwo anders sein als in seiner Jacke. Gelassen und methodisch wühlt Rasmus in der Jacke und zieht die Brieftasche heraus.

»Habe ich's mir nicht gedacht?«

Er hält mit den Fingerspitzen ein Foto hoch und zeigt es Pontus. Er beleuchtet es mit der Taschenlampe. Sie stehen beide da und sehen Pricks vergnügte Augen blinzelnd auf sich gerichtet. »Sie, die Einzige« hat Joachim unten an den Rand geschrieben. Das behauptet ausgerechnet er und dabei hat er einen ganzen Harem! Rasmus wirft einen bitterbösen Blick auf das Bett. Er hält dem schlafenden Joachim den Ausverkaufskatalog unter die Nase.

»Deine Bräute kannst du übrigens ruhig behalten. Die kannst du dir an den Hut stecken! Aber Prick siehst du nie wieder.«

Endlich! Endlich können die Rächer mit gutem Gewissen nach Hause und ins Bett gehen.

»Tschüs, Joachim«, flüstert Rasmus. »Vielen Dank für heute Abend!«

Dann klettert er auf die Leiter hinaus und dicht hinterdrein folgt Bruder Pontus.

Aber dann hocken sie mucksmäuschenstill jeder auf seiner Sprosse. Wie zwei Krähen in einem Föhrenwipfel hocken sie völlig reglos und starren unter sich, wo etwas höchst Erstaunliches passiert.

Es ist genau wie im Kino. Und es geschieht so unglaublich schnell. Ein Mann springt aus einem Fenster, dann reicht ihm jemand einen großen

Sack hinaus und dann kommt noch ein Mann denselben Weg herausgeklettert. Aber sie sind jetzt nicht im Kino. Dies hier ist reinste Wirklichkeit, während eben ein neuer Maitag heraufdämmert und die Vögel in Baron von Renckens Garten ihr Morgenlied anstimmen.

Die Jungen wagen nicht zu atmen. Sie wagen nicht daran zu denken, was geschieht, wenn einer dieser beiden Kerle den Blick nur ein ganz kleines bisschen hebt und die beiden oben auf der Leiter entdeckt. Sie starren sich nur gegenseitig mit weit aufgerissenen Augen an: Träume ich oder siehst du das hier auch?

Sie reißen die Augen noch weiter auf, als sie erkennen, wer diese beiden Gestalten sind, die jetzt mit solcher Hast zwischen den Apfelbäumen dahinrennen.

»Alfredo«, flüstert Rasmus. »Und der andere ... der grässliche Typ! Komm, beeil dich!«

Man ist nicht umsonst der Sohn eines Polizisten. Hier heißt es schnell handeln. Denn Leute, die mitten in der Nacht aus Fenstern herausklettern, sind Einbrecher – es sei denn, sie gehören zu dieser oder jener Rettungsmannschaft und holen Ausverkaufskataloge. Aber in diesem Sack da ist kein Ausverkaufskatalog, da drinnen steckt Baron von Renckens Silbersammlung, dafür möchte man seinen Kopf verwetten.

»Reizende Gespenster«, flüstert Pontus aufgebracht. »Diese Burschen waren es, die ich gehört hab. Wollen wir nicht deinen Vater holen?«

Rasmus schüttelt den Kopf. Erst müssen sie Alfredo beschatten und sehen, wo er mit dem Sack hinrennt. Die Diebe sind schon durch das Gartentor hinaus und gehen mit langen, eiligen Schritten an der Weißdornhecke entlang. Sie haben es sehr eilig und ahnen nicht, dass hinter ihnen her in einigem Abstand zwei Rächer kommen, in blauen Leinenhosen und Turnschuhen, zwei, die diesmal nicht nur mit einem Auge zugucken wollen, sondern beide Gucker gehörig aufsperren.

Waren sie nicht vorgestern Abend auf dem Jahrmarkt herumgegangen und hatten sich gewünscht durch so ein Fensterchen in einen der Wohnwagen spähen zu dürfen, die so gemütlich unter den Fliederbüschen verstreut standen? Genau das taten sie jetzt. Es war Alfredos Wagen, in den sie hineinspähten . . . oh, welch ein Anblick! Zwischen den gemütlichen rot karierten Gardinenhälften war ein schmaler, kleiner Spalt offen, so schmal, dass sie Alfredo tatsächlich nur mit einem Auge beobachten konnten. Aber es reichte, au Junge, und ob es reichte! Und das Fenster hinter der zugezogenen Gardine stand offen: Sie konnten auch hören, obwohl ihre erschrocken pochenden Herzen die Stimmen drinnen fast übertönten.

Drei waren sie da drinnen, Alfredo und sein Kumpan und dann dies dralle Frauenzimmer, das bei der Schwertschluckerei half. Sie hatte jetzt eine Kittelschürze an und kein rotseidenes Kleid, aber sie erkannten sie trotzdem wieder. Und auf dem Fußboden vor den dreien – heiliger Bimbam, wenn Baron von Rencken das hätte sehen können! Da lag sein ganzer Silberschatz ausgekippt, ein großer, glitzernder Haufen. Alfredos

Augen glitzerten auch, als er den Haufen betrachtete. Er rieb sich die mächtigen Hände und lachte, dass seine weißen Zähne glänzten, und er klopfte dem Frauenzimmer auf den Rücken und sagte:

»Bertachen, hast du in dein sündiges Leben schon mal was Ähnliches gesehen?«

Das hat sie sicher kaum, dachte Rasmus, Bertachen und ich auch nicht.

Sie – Berta – sah auch ausgesprochen zufrieden aus.

»Denkt mal an, dass ihr so viel gefunden habt! Jetzt habt ihr aber wirklich 'n Schluck Kaffee verdient.«

Ja, wenn man so viele »gefundene« Sachen auf einmal nach Hause bringt, dachte Rasmus grimmig.

Dieser andere, der mit dem hässlichen Mund, schien nervös zu sein und konnte nicht still stehen, er zappelte unaufhörlich auf der Stelle.

»Kaffee«, sagte er, »das kann ich dir sagen, den haben wir nötig! Diesmal wäre es beinah schief gegangen.«

Da verschwand Alfredos Lächeln. Er rollte die Augen und streckte wie flehend die Arme in die Luft, so als wollte er, dass auch höhere Mächte hören sollten, was er sagte.

»Diese verdammten Lümmeljungs! Hätte ich sie hier, ich würde sie den Hals umdrehen!«

Die beiden draußen vor dem Fenster wechselten einen schnellen und entsetzten Blick. Aber noch jemand erschrak: Berta!

»Welche Jungs? Wovon redest du, Alfredo?«

»Wovon ich rede? Ich rede von den kleinen Viehfliegen, die all die Zeit um mich gesummt haben, seit dass wir hier sind. Die da, wo nur mit ein Auge zugucken wollten.«

Berta sah Alfredo zu Tode erschrocken an.

»Habt ihr die getroffen?«

»Getroffen?«, sagte Alfredo entrüstet. »Die waren in das Haus drin. Frag den Ernst.«

»Ja, es ist nicht gelogen, Berta, die waren drinnen im Haus.«

Jetzt geriet Berta völlig außer Fassung.

»Seid ihr nicht bei Verstand – dann haben wir ja die Polizei jeden Augenblick auf'm Hals!«

Aber Alfredo hob beruhigend die Hand hoch.

»Ruhig! Die sahen nicht uns, wir bloß, wir sahen sie.«

Die zwei vor dem Fenster schauten sich wieder an, diesmal mit einem gewissen Triumph im Blick.

»Darf ich mal erfahren, wie es war?«, sagte Berta drinnen ängstlich. »Kann einer von euch mir vielleicht erzählen, wie es war?«

»Ja, hör zu«, sagte Alfredo, »hör zu! Wir sind eben grade reingekommen, Ernst und ich, und wollen eben grade loslegen und dem Baron von sein Silber befreien, da wir hören was . . . bum . . . da kullert was in dem Haus und dann wieder . . .

bum . . . und Ernst, der rennt und stellt sich hinter ein Schrank und ich, ich kriech unter ein Tisch und lieg da und denk, wie traurig du sein wirst, wenn du hörst, armes Bertachen, dass ich Herzschlag bekommen und unter ein Tisch krepiert bin . . .«

»Jaja«, sagte Berta ungeduldig. »Wie ging es weiter mit den Jungs?«

»Nur warten«, sagte Alfredo. »Du verstehst, Bertachen, als die beide Beine an mir eingeschlafen sind und ich denk, nun kriech ich raus und wenn hier noch so viel bum macht, grade eben da krieg ich die zwei kleine Lümmeljungs zu sehen, wie sie in das Zimmer reinkommen, da wo wir sind . . .«

Berta sah aus, als kröchen ihr Ameisen über

den ganzen Körper, und sie sperrte den Mund auf vor Schreck.

»Ja, es war unheimlich«, sagte Ernst. »Mir gefiel das verdammt wenig, pfui Spinne! 'ne Taschenlampe hatten sie auch, mit der sie leuchteten, diese Früchtchen.«

Alfredo schüttelte sorgenvoll den Kopf.

»Ja, ich wurde so verzweifelt da unter mein Tisch«, sagte er. »So jungen, kleinen Lümmeljungs, denkte ich, und schon auf den Verbrecherbahn. Gemeine Silberdiebe, denkte ich ... Und dann schliefen ja auch meine Beine!«

Ernst bohrte sich in der Nase und sah sehr nachdenklich aus. »Komisch! Mir ist es schleierhaft, was die da gemacht haben. Auf uns hatten sie es nicht abgesehen und auf das Silber auch nicht.«

»Schafsköpfe«, sagte Berta. »Es ist doch klar, dass sie gesehen haben, wie ihr reingegangen seid, und da sind sie eben hinterhergekommen.«

»Nein, Berta«, sagte Alfredo, »die haben uns nicht gesehn. Obwohl man sollte meinen, diese Viehfliegen haben mich gewittert aus mehrere Kilometern Entfernung.«

Ernst dachte immer noch nach.

»Ich bin hinter ihnen hergeschlichen. Sie waren oben in einem der Schlafzimmer. Gott weiß, was sie da gemacht haben. Ich guckte durch den Türspalt und da sind sie aus dem Fenster geklettert und die Leiter runter und verschwunden.«

»Und direkt zur Polizei, das meine ich«, sagte Berta und nickte Unheil kündend.

Aber da schlug Alfredo mit der Faust auf den Tisch.

»Willst du wohl dein fatale Mund halten, Berta! Mach Ernst nicht scheu. Du weißt, er ist nicht stark mit die Nerven. Gib uns Kaffee und schweig.«

Berta schwieg. Sie nahm gehorsam die Kanne von dem Spirituskocher und goss ihnen Kaffee in große rosa Tassen. Sie stellte Semmeln auf den Tisch. Richtig behaglich schienen die drei es zu haben, wie sie da um den Tisch saßen wie zu einem Kaffeeklatsch. Berta, das war wohl so eine, die es gern schmuck um sich herum haben wollte. Auf den Schlafpritschen lagen karierte Bettdecken und auf dem Tisch stand Flieder in einer kleinen, hässlichen Vase. Aber mit einem Mal steckte Alfredo die Faust in den Silberhaufen auf dem Fußboden und fischte eine große Kanne mit Deckel heraus.

»Hier, Berta, hier hast du ein mehr passendere Blumenpott«, sagte er. Er riss den Flieder aus der Vase und stopfte ihn in die Silberkanne. Dann saß er glückselig da und betrachtete sie.

»Nein, ist es möglich, meine Augen sollten diese Trinkkanne sehen«, sagte er. »Welchen Glück für ein alten Silberdieb.«

Aber Ernst war nervös.

»Los, wir wollen den Trödel in den Sack stecken und dann weg von hier, bevor die ganze Stadt aufwacht. Hier können wir es nicht verstecken.«

»Nee, um Himmels willen!«, sagte Berta und hob wie in Abwehr beide Hände hoch. »Hier gibt's morgen bestimmt eine Polizeirazzia.«

»Ja, denn die Bullen kommen immer zu'n Jahrmarkt, so schnell wie auch nur das kleinste bisschen was passiert ist«, sagte Alfredo und nahm sich noch eine Semmel. »Die denken immer, das ist einer von'n Jahrmarkt, der da sein Finger zwischengehabt hat«, sagte er und sah beleidigt aus.

Ernst grinste boshaft.

»Und es kommt vor, dass sie richtig denken«, sagte er und fuhr nervös fort: »Wir müssen es an einem sicheren Ort verstauen, bis der Silberhai morgen Abend kommt.« Er fing an das Silber in den Sack zu stecken.

»Es passt mir gar nicht, dass wir noch bis morgen Abend warten müssen. Pfui Spinne, nein, wie wenig mir das passt! Aber er konnte nicht eher, der Silberhai.«

Alfredo fuhr gelassen fort seine Semmel in den Kaffee zu stippen.

»Du bist nicht stark mit die Nerven, Ernst, das bist du nie gewesen. Ruhig, wir finden wohl noch ein Versteckplatz.«

»Wo denn? Hast du einen Vorschlag?«

Alfredo kratzte sich nachdenklich hinterm Ohr.

»Tja, was meinst du, Bertachen? Du hast ja ein Schwester hier in die Stadt.«

Berta nickte eifrig.

»In meiner Schwester ihrem Keller, was meint ihr dazu?«

»In deiner Schwester ihrem Keller?«, sagte Ernst misstrauisch. »Und dann stolpert deine Schwester in'n Keller runter nach Kartoffeln und findet den ganzen Klimbim!«

Berta warf ihm einen wütenden Blick zu mit ihren wässerigen blauen Augen. Sie fauchte:

»Denk mal, das tut sie nämlich nicht. Sie liegt nämlich im Krankenhaus, meine Schwester, mit'm gebrochenen Bein.«

Alfredo sah nicht übertrieben teilnahmsvoll aus, im Gegenteil, er schmunzelte ganz zufrieden.

»Ja, dein arme Schwesterchen, sie hat den Bein gebrochen und noch dazu den rechten! Sie kann nicht in'n Keller gehn nach ein einzigen kleinen Kartöffelchen.«

Ernst guckte von Alfredo zu Berta und von Berta zu Alfredo. Er sah noch immer misstrauisch aus.

»Das passt mir nicht«, sagte er. »Denn es gibt ja hier auch welche, die sich nicht das Bein gebrochen haben.«

»Ich verstehe, dass es dir Leid tut«, sagte Berta scharf. »Aber versteck du meinethalben den Sack, wo du willst. Im Übrigen habe ich einen Schlüssel zu dem Keller. Ich sollte etwas Saft holen und mitnehmen ins Krankenhaus. Aber versteck du den Sack, wo du willst.«

»Immer ruhig Blut, Berta«, sagte Ernst. »Also abgemacht, in den Keller damit. Aber eins sag ich euch beiden. Ich plombiere diesen Sack, verstanden? Ich mach da ein Mordsding von einer Bleiplombe dran und die Bleiplombe bleibt dran sitzen, bis wir dem Silberhai morgen Abend den Sack aushändigen ... verstanden?«

Berta starrte ihn hasserfüllt an.

»Du bist 'ne misstrauische kleine Memme ... verstanden? Hast du kein Vertrauen zu mir und Alfredo?«

Aber Alfredo wedelte beschwichtigend mit seiner Semmel in der Luft herum.

»Halt nun deine fatale Mund, Berta! Vertrauen ist sicher gut, aber Bleiplomben ist besser, das sagte meine kleine Mammi immer.«

Er wandte sich an Ernst.

»Du kannst der ganze Sack mit Bleiplomben garnieren, wenn du willst. Morgen Abend kommt den Silberhai und dann weg mit die Bleiplomben. Zum Kuckuck aber auch, diesmal muss er aber zahlen!«

Ernst nickte zustimmend.

»Das muss er, ja! Es darf nicht so sein wie das letzte Mal, dass er den ganzen Rummel für 'nen Pappenstiel kauft und ihn hinterher in seinem alten Antiquitätenladen für das Zehnfache weiterverkauft.«

Er schaute unruhig auf seine Armbanduhr.

»Es ist schon nach drei. Wenn wir das noch wegbringen wollen, dann aber 'n bisschen plötzlich. Wo ist der Keller von deiner Schwester?«

Jetzt, jetzt war es an der Zeit, sich in Sicherheit zu bringen. Sie konnten zwischen die Fliedersträucher kriechen und sich dort verstecken. Die Diebe konnten jeden Augenblick herauskommen. Schnell, dachte Rasmus, schnell! Was ist jetzt zu tun? O ja, Pontus muss hinterherschleichen und aufpassen, wohin sie gehen, und ich renn los und hol Papa!

Aber es kam anders.

Da lag nun der ganze Läusemarkt in Schlaf versunken. In den kleinen Wohnwagen war noch niemand erwacht, niemand als die drei in Alfredos rotem Wagen zwischen den Fliederbüschen. Es war die frühe Stunde des Sonnenaufgangs. Nie ist es so still wie gerade dann, so still und voller Frieden.

Und durch diesen Frieden ertönte plötzlich ein lautes, vergnügtes, eifriges Hundegebell. Ein sehr vergnügter kleiner Hund war es, der da so bellte. Wie sollte er denn nicht vergnügt sein, wenn er sein Herrchen gefunden hatte und es *endlich* Morgen war?

»Toker!«, wimmerte Rasmus. »Du hättest jetzt nicht kommen dürfen!«

Der Läusemarkt ist seit mehr als dreihundert Jahren der Jahrmarktsplatz von Västanvik gewesen und hat viele Schlägereien mit angesehen, ob es nun wilde Zigeunerschlachten mit Messern waren oder gewöhnliche Prügeleien zwischen betrunkenen Bauernknechten, die zum Jahrmarkt gekommen waren um sich in ihrer schlichten Weise zu vergnügen. Was aber jetzt hier geschieht, als an diesem Freitagmorgen im Monat Mai gerade die Sonne aufgeht, das hat der Läusemarkt noch nie erlebt. Bösewichte und Satansweiber, Kinder und Hunde in wildem Handgemenge unter den Fliedersträuchern – so was bekommt der Läusemarkt nur alle dreihundert Jahre einmal zu sehen und auch dann nicht mal.

»Renn, Pontus, renn!«, schrie Rasmus gellend.

Und Pontus rannte, dass der Flieder rauschte . . . Ernst dicht auf den Fersen.

Rasmus seinerseits konnte nicht rennen. Er hatte Alfredos harte Faust im Genick und saß wie in einem Schraubstock fest.

»Halt die Klappe!«, zischte der Schwertschlucker. »Oder willst du, ich soll dir dein Hals umdrehen?«

Es schien, als habe er wirklich die Absicht, es zu tun. Rasmus wimmerte entsetzt.

Da griff Toker ein. So durfte keiner sein Herrchen behandeln. Zwar würde sein Herrchen diesen großen Strolch, der ihn festhielt, wohl bald verdreschen, aber sicherheitshalber wollte Toker ihm lieber helfen. Er stürmte heran und bellte wie verrückt, damit der Strolch denken sollte, er wolle ihn beißen. Das glaubte der Strolch auch wirklich; er konnte ja nicht wissen, dass Toker noch nie in seinem ganzen Leben jemanden gebissen hatte außer einem kleinen, unschuldigen Küken, das ihm einmal aus Versehen in die Quere gekommen war. Alfredo versetzte ihm einen fürchterlichen Tritt und vor Schmerz aufheulend schoss Toker in die Büsche.

Da wurde Rasmus wild. Wenn jemand seinen Hund anrührte, verlor er den Verstand und wusste nicht, was er tat. Blitzschnell schlug er seine Zähne in Alfredos bloßen Arm und biss aus aller Kraft zu. Vielleicht war da was in der Tiefe seiner erbitterten Seele, das etwa so argumentierte: Du trittst meinen Hund und mein Hund kann dich nicht beißen, aber hier sollst du mal einen sehen, der kann! Er war es ebenso wenig gewohnt zu beißen wie Toker, aber sein Instinkt sagte ihm, wenn es sich um Silberdiebe handelte, brauchte man es mit den Formen nicht so genau zu nehmen.

Alfredo stieß einen Fluch aus und ließ Rasmus'

Genick eine Sekunde los. Mehr war nicht nötig. Mit einem Ruck machte sich Rasmus frei. Er entwand sich Alfredos Griff und lief um sein Leben zwischen die Fliederbüsche, wohin, wusste er selber nicht. Grunzend wie ein gereiztes Nashorn kam Alfredo dicht hinterdrein, aber Rasmus' dünne, behände Jungenbeine waren schneller als Alfredos alte, fette und er wäre sicherlich entkommen, wenn er nicht über einen Waschzuber gestürzt wäre, der dort so hinterhältig unter einem Strauch stand, denselben alten Waschzuber, der sie vorgestern Abend vor Alfredo gerettet hatte. Der war jetzt offenbar zum Feind übergetreten und Alfredos Verbündeter geworden. Rasmus fiel kopfüber drüber weg. Er fühlte gerade noch, wie irrsinnig weh es tat, als er sich das Bein am Wannenrand schlug, und wie die Hände auf die weiche Erde aufklatschten, so dass sie hoch aufspritzte. Im nächsten Augenblick war Alfredo über ihm. Rasmus erkannte, dass er in der Falle

saß, und in hilflosem Zorn schmiss er Alfredo einen Klumpen feuchter Erde mitten ins Gesicht.

»Grrrsch«, sagte Alfredo halb erstickt.

Er spuckte und schnob und sah aus, als hätte er am liebsten lauthals gebrüllt, aber er wollte wohl den morgendlichen Frieden nicht mehr stören, als nötig war. Noch schlief der ganze Läusemarkt und in den Wohnwagen war es überall still. Vergebens spähte Rasmus nach einem Menschen aus, der ihm in seiner Bedrängnis helfen könnte. Ein keifendes Schießbudenfräulein war wirklich durch den Krach wach geworden. Sie steckte den Kopf zur Tür heraus und schrie:

»Was ist das bloß für ein Höllenlärm mitten in der Nacht? Kann man denn nicht mal ruhig schlafen?«

Rasmus konnte nicht schreien. Alfredo hielt mit einer Hand sein Genick eisern umspannt und mit der anderen hielt er ihm den Mund zu.

»Genau«, sagte Alfredo eifrig. »Aber denken Sie, diesen Lümmeljunge hier versteht, dass unsereins, die bis eins Uhr arbeiten, nicht um drei von sein verdammte Hund aufgewacht werden wollen? Aber jetzt soll er von hier weg und sein kleinen widerlichen Hund auch.«

Das Schießbudenfräulein knallte die Tür wieder zu und Rasmus war hoffnungslos in der Hand seines Peinigers. Der schubste und pufftte, schleifte und zerrte ihn erbarmungslos zu dem roten Wohnwagen unter den Fliedersträuchern.

»So, jetzt wollen wir ein kleinen Unterhaltung haben«, sagte Alfredo und beförderte ihn mit einem letzten erbitterten Stoß kopfüber in den Wagen hinein.

Dort saß Pontus, ziemlich blass um die Nase. Als er Rasmus sah, versuchte er von dem Feldbett aufzuspringen, wo Ernst ihn festhielt, und schrie aufgebracht:

»Rasmus, guck mal, was die mit deinem Hund machen!«

Berta hatte den armen Toker in eine Decke gewickelt und hielt seine Schnauze mit hartem Griff zu, so dass er nichts als ein jämmerliches, leises Winseln von sich geben konnte.

»Lassen Sie meinen Hund los!«, schrie Rasmus außer sich vor Wut.

Er stürzte auf Berta los, aber eine Ohrfeige von Alfredo warf ihn rücklings in Pontus' Arme.

»Wenn ihr nicht den Mund hält, dann wird es bald zwei Kinder weniger in diese Welt sein«, sagte Alfredo und setzte sich schwerfällig auf das Feldbett gegenüber.

»Was hab ich gesagt, Alfredo?«, jammerte Berta. »Was hab ich gesagt? Hab ich nicht gesagt, die Jungs haben euch gesehen! Großer Gott, welch ein Unglück! Was tun wir jetzt?«

»Vor allen Dingen bist du jetzt mal still«, sagte Ernst leise. »Dies hier erledige ich.«

Wo war die gemütliche Kaffeeklatschstimmung hin? Weg ... Hier gab es nur Wut und Schrecken, dass es beinahe rauchte. Wie furchtsame und wütende Ratten in einer Falle saßen sie hier, Alfredo, Ernst und Berta, und starrten hasserfüllt die beiden Lümmel an, die den feinsten Streich ihres Lebens zerstört hatten.

»Lassen Sie Toker los«, schrie Rasmus, »sonst weiß ich nicht, was ich tu!«

Ernst lachte höhnisch. Er hatte Angst, aber mehr noch war er frech und ergrimmt und jetzt blitzte es in seinen Augen auf. Er beugte sich zu Rasmus vor, so nahe, dass Rasmus seinen Atem spüren konnte, der nach dem Kaffee roch, den er vorhin getrunken hatte.

»Du«, sagte er, »ist das dein Köter da . . . hieß er nicht Toker?«

»Ja«, sagte Rasmus trotzig. »Loslassen, hab ich gesagt!« Wieder lächelte Ernst sein kurzes, böses Lächeln.

»Den Toker, den hast du wohl gern, was?«

Rasmus sah ihn verächtlich an.

»Das geht Sie nichts an. Lassen Sie ihn los, hab ich gesagt!«

Ernst war eine Weile still und dachte nach. Er kaute nervös an seinen Nägeln und seine ruhelosen Augen irrten umher. Er sah die Jungen an, die dort auf der Pritsche dicht aneinander gedrängt saßen, er sah Berta an, die Toker fest hielt, und Alfredo, der noch von der Anstrengung schnaufend dasaß und sich den Schweiß von der Stirn wischte.

»Du Bursche«, sagte er zu Rasmus, »ich mach dir einen Vorschlag. Ihr könnt natürlich zur Polizei gehen und uns verpfeifen . . .«

»Denk bloß mal an, das können wir«, sagte Rasmus. »Und du kannst es schriftlich haben, dass wir das auch tun.«

Das war ein wunderbarer Gedanke und Pontus schöpfte Mut.

»Ja, denken Sie bloß, das tun wir. Der da, der hat seinen eigenen Polizisten im Haus«, sagte er und zeigte auf Rasmus.

»Ja, mein Vater ist Polizist«, sagte Rasmus. »Ist er!« Oh, wie wär das schön, wenn man Papa auf die drei hier hetzen könnte!

In Alfredos Augen zeigte sich fast so etwas wie Mitgefühl.

»Armes Kind, manche trifft es wirklich hart, dass man weinen könnte darüber«, sagte er. »Aber wenn du auch ein Vater hast, der 'n Bulle ist, könnte trotzdem was Ordentliches aus dir werden . . . so einigermaßen wenigstens.«

Ernst wandte sich wieder an Rasmus.

»Hör mir jetzt mal zu, du. Ich werde deinen Hund umbringen. Hast du was dagegen?«

Das Weinen überfiel Rasmus mit solcher Macht, dass er es nicht zurückhalten konnte. Die Kehle schnürte sich ihm zu, als er hörte, was dieser Bandit da sagte, und die Tränen kamen hervorgestürzt.

»Wenn du das tust . . .«, sagte er, aber er konnte

nicht weiterreden. Er schluchzte leise und erbittert. Da wurden Pontus' Augen auch feucht und er legte tröstend seine Hand auf Rasmus' Schulter.

»Ja, wenn du sowieso zur Polizei gehst und uns verpfeifst, dann kann ich den Hund gleich totschlagen«, sagte Ernst. »Ich werd ein paar Jahre eingelocht, verstehst du, nur weil ihr eure Nase hier reingesteckt habt. Und dafür, find ich, müsst ihr zahlen.«

Alfredo nickte böse.

»Ich wünsche, dass wir könnten auch die Jungs totschlagen, das wär zu schön.«

»Wollt ihr meinen Vorschlag hören?«, fragte Ernst und stieß mit dem Fuß an den Silbersack, der auf dem Fußboden lag. »Wollen wir Toker gegen dies bisschen Silberzeug tauschen?«

Rasmus sah ihn mit seinen rot verweinten Augen fragend an.

»Unsereins muss nämlich auch leben«, fuhr Ernst fort. »Und was geht's euch eigentlich an, ob ein alter Baron 'n paar von seinen Schätzen loswird? Der verhungert deshalb noch lange nicht. Kapierst du, was ich meine?«

Rasmus schüttelte den Kopf.

»Du scheinst 'n bisschen schwer von Begriff zu sein«, sagte Ernst. »Verstehst du's vielleicht so herum: Wenn ihr uns verpfeift, dann schlag ich auf der Stelle deinen Hund tot und dann ist es mir Wurscht, was hinterher passiert. Aber wenn ihr versprecht den Mund zu halten, dann kriegst du den Köter wieder . . . verstanden?«

Rasmus weinte. Er hörte Toker winseln und er selber saß machtlos daneben und konnte nichts tun.

»Das ist ein ausgezeichneten Idee«, sagte Alfredo, »ein ganz ausgezeichneten Idee. Wenn ihr uns verpfeift, dann schlagen wir der Hundetöle tot, und wenn ihr nichts sagt, dann schlagen wir der Hundetöle nicht tot. Ausgezeichnet!«

»Na, was ist?«, fragte Ernst.

Rasmus schluchzte. Es war schmachvoll, auf solch einen Tauschhandel einzugehen, aber Toker jaulte in Todesängsten und er liebte ihn so heiß.

Rasmus sah Pontus fragend an und Pontus nickte. Er meinte auch, ein Hund sei mehr wert als das Silber von Baron von Rencken.

»Ja, dann lass Toker los«, murmelte Rasmus.

Alfredo beugte sich lebhaft zu ihm hinüber.

»Und ihr versprechen? Ihr versprechen Maul zu halten, was auch passiert?«

Rasmus nickte stumm, aber Alfredo war misstrauisch. Er hob mahnend einen feisten Zeigefinger in die Höhe.

»Ihr versprechen? Und ihr seid so gut und haltet das auch! Denkt dran: Ehrlich währt am längsten! Das sagte meine kleine Mammi immer!«

Rasmus hörte gar nicht hin. Er wandte sich zu Berta um.

»Lassen Sie Toker los!«

»Augenblick mal«, sagte Ernst. »Du verstehst, du Knirps, vor morgen Abend kannst du den Hund nicht kriegen.« Rasmus starrte ihn an, sprachlos über so viel Niedertracht und Verrat.

»Wir können nicht eher hier weg«, sagte Ernst. »Aus Gründen, die dich nichts angehen. Und ehe wir nicht weg sind, kannst du den Hund nicht kriegen.«

»Aber wir haben doch *versprochen,* dass wir nicht petzen«, sagte Rasmus erbost.

Ernst trat wieder ganz dicht an ihn heran, so nahe, dass Rasmus den Kaffeegeruch in seinem Atem spürte, und er sagte drohend:

»Ich will kein Risiko auf mich nehmen. Ich werde den Köter irgendwo einsperren, wo keiner ihn findet und keiner ihn hört. Und wenn es so kommt, dass ihr trotzdem petzt und wir fliegen rein, dann addio, Hund, dann kann er da bleiben, bis er verhungert ist.«

Alfredo nickte zustimmend.

»Eben. Kein Fressen ... kein Wasser ... er stirbt einfach.«

Rasmus weinte wieder. Ein Taschentuch hatte er nicht bei sich und er schnaufte verzweifelt:

»Wenn ihr Toker was tut, dann ... dann ...«

Ernst unterbrach ihn.

»Du hast ja gehört, morgen Abend! Wenn ihr euer Versprechen haltet, passiert dem Hund nichts. Und nun macht, dass ihr wegkommt, damit ich euch nicht mehr zu sehen brauche.«

Er schob sie grob zur Tür.

»Auf Wiedersehen, Toker«, schluchzte Rasmus, »auf Wiedersehen ...«

»Übrigens«, sagte Ernst, als sie schon halb draußen waren, »heute Nachmittag kommt ihr hierher, damit ich weiß, dass ihr bei der Stange bleibt. Verstanden?«

»Scher dich zum Kuckuck«, schluchzte Rasmus.

Nun kehrten sie nach Hause zurück, die Rächer in blauen Leinenhosen und Turnschuhen. Langsam kamen sie durch die Fliedersträucher gekrochen, so müde, so schmutzig und zerzaust und zerschrammt, dass man hätte weinen können. Die »Rettungsmannschaft für die Opfer der Liebe« zog sich in traurigem Zustand zurück und die eine Hälfte der Mannschaft schluchzte so bitterlich, dass die andere Hälfte völlig ratlos war. Unbeholfen legte Pontus seinen Arm um Rasmus' Schulter und sagte tröstend:

»Nicht doch, Rasmus, nicht weinen! Morgen Abend kriegst du Toker ja wieder.«

Aber Rasmus wollte sich nicht trösten lassen.

»Morgen Abend, ja. Aber denk doch mal, bis dahin ... armer Toker!«

Pontus fand es auch grauenhaft, dass Toker so lange eingesperrt und allein sein musste.

»Ich möcht wirklich wissen, was sie mit ihm machen«, sagte er nachdenklich.

Er warf einen scheuen Blick zurück auf Alfredos Wagen. Die Tür war geschlossen, aber im Fenster sah er Bertas böse Augen, die ihnen nachstarrten. Er dachte noch ein bisschen nach.

»Du, Rasmus«, sagte er leise, »wenn wir uns nun hier irgendwo zwischen die Büsche legen und versuchen, ob wir nicht rauskriegen, wo sie mit Toker hingehen?«

Rasmus blieb wie angewurzelt stehen. Er sah Pontus voller Dankbarkeit an. Solche Freunde brauchte man in Stunden der Not!

»Willst du das wirklich?«, fragte er eifrig.

Er selber würde einfach alles tun für Toker, jegliche Gefahr auf sich nehmen, aber dass Pontus es für einen Hund tun wollte, der nicht sein eigener war – oh, Rasmus merkte, wie ihm ganz heiß wurde, so gern hatte er Pontus.

»Geh weiter«, sagte Pontus und gab ihm einen Puff. »Berta steht am Fenster und guckt uns nach.«

Ohne sich umzuwenden trabten sie auf dem schmalen Pfad weiter, der zum Ausgang führte. Das Stück, auf dem die Wohnwagen standen, war genauso eingezäunt wie der Festplatz selber und hier war eine kleine Pforte, die nicht für das Publikum geöffnet war, sondern nur für die Schaubudenhalter. Wenn der Vergnügungspark in Betrieb war, stand hier ein Aufseher, der die Zaungäste fern hielt, aber um diese Stunde war sie unverschlossen und unbewacht. Durch diese Pforte waren sie vor einer Weile hineingeschlichen. Es war auch die einzige Stelle, wo sie wieder hinauskommen konnten.

»Hier«, flüsterte Pontus und zeigte auf ein dichtes Fliedergebüsch nahe bei der Pforte. »Wenn wir uns hier drinnen verkriechen, sehen sie uns nicht. Aber die kommen hier nicht raus, ohne dass wir sie sehen.«

So lagen sie dort auf den Knien zwischen zwei dichten Sträuchern im Hinterhalt, von wo sie durch Lücken im Laub die Pforte im Auge behalten konnten. Klamm und feuchtkalt war ihr Versteck. Rasmus fühlte, wie die Hosen an den Knien noch nasser und schmieriger wurden, als sie schon waren, und er musste ein bisschen daran denken, was Mama wohl morgen früh für Schlüsse ziehen würde angesichts solcher Hosen. Morgen früh übrigens – es *war* ja schon Morgen. Er schaute auf die Uhr. Halb vier war es jetzt und er fing an sich Sorgen zu machen, dass er vielleicht nicht rechtzeitig nach Hause kommen würde, ehe das ganze Haus wach wurde. Aber das Diebsgesindel dürfte es wohl auch eilig haben, Toker in jenes Versteck zu bringen. Er ballte die Fäuste, wenn er nur daran dachte.

Und kaum hatte er den Gedanken zu Ende gedacht, da hörte er schon jemanden auf dem Pfad daherkommen. Pontus hörte es auch. Sie stießen sich gegenseitig viel sagend an und trauten sich nicht einmal zu flüstern. Völlig verkrampft vor

Spannung starrten sie durch die Lücken im Laubwerk und sahen Alfredo und Berta auf die Pforte zugetrabt kommen. Alfredo hatte den Sack auf dem Rücken und Berta trug ein großes Bündel unter dem Arm, ein ganz stummes Bündel. Oh, er winselte nicht mal, der Toker! Wenn sie ihn nun trotzdem umgebracht hatten? Rasmus wimmerte innerlich.

»Jetzt versuch mal so auszusehen, als ob du einen Sack Kartoffeln zu meiner Schwester bringst«, sagte Berta, als sie gerade an den Fliederbüschen vorüberkamen.

Aber das tat Alfredo nicht. Er glich durchaus keinem biederen Kartoffelhändler, der um halb vier Uhr morgens zu den Kunden gelaufen kommt um zu erfahren, ob sie nicht um diese Zeit Lust auf ein paar Kartoffeln hätten. Er glich aufs Haar dem Abenteurer, der er auch war, einem Abenteurer, der nicht mehr besonders böse oder besonders ängstlich war, sondern schon ziemlich davon überzeugt, dass sich alles auf die beste Art und Weise geregelt und dass er den Streich seines Lebens vollführt habe. Unbekümmert marschierte er durch die Pforte, eine mürrische Berta hinterdrein, die Mühe hatte, mit ihm Schritt zu halten.

Die beiden hinter den Fliedersträuchern hatten es jetzt ebenfalls eilig. Was Berta da unter dem Arm trug, durften sie nicht aus den Augen verlieren, koste es, was es wolle! Sie mussten auskundschaften, wohin dies Bündel in diesem Augenblick unterwegs und ob ein toter oder lebendiger Hund darin war. Ständig war die nagende Sorge da, dass Toker vielleicht schon tot sein könne. So machten es ja Banditen: Sie nahmen Geiseln, aber wenn es unbequem oder gefährlich für sie wurde, dann entledigten sie sich insgeheim ihrer Gefangenen und konnten noch obendrein durch Erpressung alles herausholen, was sie wollten, indem sie arme, unschuldige Menschen hoffen ließen. Vielleicht hatte er es so geplant, dieser grässliche Ernst. Er wollte Rasmus in dem Glauben lassen, Toker sei noch am Leben, und dann würden sie morgen Abend mit dem Silber auf und davon gehen, dies Diebsgesindel, und irgendwo in einem Gebüsch einen kleinen kalten, toten Hund zurücklassen. Wenn die sich das aber etwa einbildeten, dann irrten sie sich. Wenn sie Toker etwas angetan hatten, würde die Rache furchtbar werden. Entschlossen kroch Rasmus aus dem Busch hervor.

»Komm, Pontus«, flüsterte er.

Und Pontus kam. Er war wie kein anderer geeignet, Diebe am Läusemarkt zu beschatten. Er hatte hier sein ganzes Leben gewohnt und kannte jedes Haus, jeden Torweg, jeden Zaun, jeden Hof. In diesen holprigen, hügeligen Straßen war er zu Hause. Hier war er herumgeschlichen, war abwechselnd Indianer gewesen und Trapper und Cowboy und Musketier – dann konnte er wohl zur Abwechslung auch mal ein paar Silberdiebe beschatten.

»Ich glaub wahrhaftig, die wollen zu mir und mich besuchen«, flüsterte er verwundert, nachdem sie Alfredo eine Weile auf den Fersen gewesen waren. »Mich laust der Affe – die gehen den Schreinerhang rauf!«

Die Gegend um den Läusemarkt, das ist das, was von dem alten Västanvik übrig geblieben ist, als die Stadt irgendwann um die Mitte des neunzehnten Jahrhunderts abbrannte. Diese niedrigen Häuschen mit blühendem Flieder rundherum sind die ältesten Häuser der Stadt, auf die alle in Västanvik stolz sind, in denen aber niemand wohnen mag. Hier wohnen zumeist alte, allein stehende Leute, die in ihren kleinen Küchen herumschlurfen, sich mit ihren Blumentöpfen beschäftigen und der Katze erzählen, wie es in früheren Zeiten war, ehe in Västanvik alles so wahnsinnig neumodisch wurde. Aber ganz oben auf der Anhöhe am Läusemarkt zieht sich der Schreinerhang hin mit einer Reihe alter, hässlicher dreistöckiger Häuser, wo es von Kindern wimmelt ... und das sind gewiss nicht lauter Engel. Kinder, die den Frieden der Alten stören, indem sie deren Katzen hetzen, über ihre Zäune klettern und im Herbst ihre Äpfel klauen, solche grässlichen Kinder, wie die Alten meinen, die es früher in Västanvik nicht gegeben hat.

Eins dieser Kinder ist Pontus. Er wohnt auf dem Schreinerhang in dem allerhässlichsten Mietshaus am Läusemarkt, Schreinerhang Nummer vierzehn, mit Holzschuppen und Klosetts auf dem Hof und einem hohen Zaun, der das Haus von einem anderen hässlichen Haus gleich nebenan trennt. Um auf den Schreinerhang zu gelangen musste man die enge, hügelige Schusterstraße hinaufkraxeln und das taten Alfredo und Berta in diesem Augenblick. Zwar war die Schusterstraße Västanviks Perle und schönste Idylle, aber auf Idyllen waren die beiden dort bestimmt nicht aus. Sicher wollten sie zum Schreinerhang.

Pontus kratzte sich am Kopf.

»Was in aller Welt hat Berta für 'ne Schwester auf dem Schreinerhang?«

Und plötzlich ging ihm ein Licht auf.

»Frau Andersson in unserem Haus, die, der du gestern so ähnlich gesehen hast, mit deiner geschwollenen Lippe ... dass ich daran nicht gedacht hab! Die liegt ja im Krankenhaus mit einem gebrochenen Bein!«

»Wenn die Toker in ihrem Keller verstecken, weckt er das ganze Haus, das kann ich dir sagen«, sagte Rasmus. »Wenn er noch lebt«, fügte er traurig hinzu.

Pontus überlegte. Arme Tante Andersson ... Sie war so nett. Wie kam sie bloß zu so einer Schwester wie Berta? Obgleich Berta vielleicht erst auf Abwege geraten war, als sie Alfredo heiratete – wenn sie überhaupt mit ihm verheiratet war.

Aber jetzt war keine Zeit zum Nachdenken. Alfredo und Berta waren auf dem Weg zum Schreinerhang, das war nicht zu verkennen. Berta war anscheinend unruhig. Sie sah sich scheu um. Aber sie brauchte keine Angst zu haben. Die Schusterstraße lag noch im Morgenschlummer. Die schrägen Sonnenstrahlen blitzten in kleinen Fensterscheiben, hinter denen noch keine alte

Frühaufsteherin den Kopf zwischen den Geranien hervorsteckte um zu sehen, wie der neue Tag sich anließ. Berta konnte wirklich ganz ruhig sein. Hinter Geranien und Fuchsien waren die Rollos heruntergezogen, niemand sah sie in ihrer Dummheit und Schlechtigkeit. Niemand außer den Rächern in blauen Leinenhosen und Turnschuhen, die sich fünfundzwanzig Schritt hinter ihr platt in einen Hauseingang drückten und vorsichtig weitertappten, sobald sie und Alfredo hinter der Hügelkuppe verschwunden waren.

Pontus hatte in der letzten Stunde nicht ein einziges Mal Anlass zum Kichern gehabt; aber als er jetzt sah, wie Alfredo und Berta zur Hintertür der Nummer vierzehn auf dem Schreinerhang hineinschlichen, wo er selber seine gesamten elf Lebensjahre verbracht hatte, da kicherte er doch herzlich.

»Verrückt«, sagte er, »die gehen tatsächlich in Frau Anderssons Keller.«

Dann kicherte er noch einmal und noch herzlicher.

»Du«, sagte er, »du, Rasmus, weißt du, um was Frau Andersson mich vorige Woche gebeten hat, ehe sie sich das Bein gebrochen hatte?«

Als er daran dachte, um was Frau Andersson ihn gebeten hatte, da kicherte er so heftig, dass Rasmus besorgt wurde und versuchte ihn zum Schweigen zu bringen. Aber er ließ sich nicht zum Schweigen bringen.

»Du, sie hat mich gefragt, ob ich ihren Keller aufräumen möchte. Sie ...« – er bekam vor Lachen einen Schluckauf – » ... sie hat mir ihren zweiten Schlüssel gegeben und mich gefragt, ob ich nicht für sie aufräumen könnte!«

Rasmus verzog mitten in all der Trübsal den Mund. »Dann finde ich aber wirklich, du solltest es auch tun. Du kannst damit anfangen, dass du Toker beiseite räumst.«

Pontus nickte.

»Ja ... und den Silbersack! Wart nur, bis die wieder weg sind. Komm, wir gehen solange in den Holzschuppen.«

Bei den wilden Kriegen, die hin und wieder zwischen den Kindern auf dem Schreinerhang tobten, hatte er mehr als einmal die Hintertür von Nummer vierzehn bewachen müssen und er wusste, das konnte man am besten vom Holzschuppen aus, wo es genügend breite Ritzen in der Wand gab, durch die man spähen konnte.

»Wo hast du denn diesen Schlüssel?«, fragte Rasmus, als sie in das Dunkel des Holzschuppens geschlüpft waren.

»Der hängt an einem Nagel unten in unserm Schrottlager«, sagte Pontus. »Was für ’n Glück, dass ich ihn nicht oben bei mir habe.«

Dann gähnte er. »Oha, man wird ganz schön müde von diesem Nachtleben«, sagte er. »Hoffentlich wollen die sich nicht im Keller niederlassen.«

Rasmus seufzte.

»Nee, denn jetzt halt ich's nicht mehr aus. Ich kann nicht eine Minute länger warten.«

Er versuchte ruhig zu bleiben, aber es war so schwer. Ihm brannten die Augen vor Übermüdung und von zurückgehaltenen Tränen und er stand da und spähte durch eine Ritze in der Wand auf die Hintertür von Nummer vierzehn. Die Tür sah grau und sehr mitgenommen aus. Die Farbe war abgeblättert und die Spuren von vielen Füßen waren zu sehen. Es war eine Tür, die immer einfach aufgetreten wurde. Vielleicht hatte er selber eine Menge dieser Spuren hinterlassen, wenn er hier mit seinen leeren Flaschen und Alteisensäcken hindurchgegangen war. Nie zuvor hatte diese Tür ihn im Geringsten geärgert, aber jetzt stand er hier und konnte sie nicht leiden. Sollte sie denn bis in alle Ewigkeit geschlossen bleiben?

Nein, nicht ewig. Jetzt kam jemand, die Tür wurde einen Spalt weit geöffnet und Berta steckte vorsichtig die Nase heraus. Hinter ihr kam Alfredo, er schritt ohne Umstände in die Morgensonne hinaus. Er hatte keinen Sack mehr bei sich und Berta hatte kein Bündel.

»Wartet nur, bis ich anfange aufzuräumen«, flüsterte Pontus.

Aber dann schwieg er, denn jetzt gingen Alfredo und Berta ganz dicht am Holzschuppen vorbei, so dicht, dass man sie hätte berühren können, und Berta sagte:

»Sie hat mir lange genug wegen dieser Gummistiefel in den Ohren gelegen. Jetzt wird dies Gejammer wenigstens aufhören.«

Wer ihr wegen Gummistiefeln in den Ohren gelegen hatte, erfuhren sie nicht und sie fragten auch nicht danach, denn nun verschwanden Alfredo und Berta den Hang hinunter und jetzt *endlich* würden sie erfahren, wie es um Toker stand.

Rasmus war als Erster die Kellertreppe hinuntergesaust.

»Vereinigte Alteisen-AG, Inhaber Pontus Magnusson und Rasmus Persson« stand an einer Tür da unten. Es war ein liebes und wohl bekanntes Schild, aber der Inhaber Rasmus Persson kümmerte sich im Augenblick nicht um sein Alteisenlager. Er stand ganz blass da und wartete, während Pontus den Schlüssel holte, der drinnen an einem Nagel hing. Und Rasmus war so jämmerlich zu Mute wie nie zuvor in seinem Leben.

Gegenüber auf dem Gang, etwa drei Schritt von ihrem Alteisenlager, hatte Frau Andersson ihren Keller und Pontus war schon da und fingerte an dem Vorhängeschloss herum.

»Ja, ja, ich beeil mich ja schon«, sagte er, als er sah, wie Rasmus litt. Er bekam die Tür auf und Rasmus stürzte hinein.

»Toker, lebst du?«, sagte er mit einer Stimme, der er Festigkeit zu geben suchte. Dann weinte er, denn nun sah er das Bündel, das so still dalag, regungslos und still zwischen all dem Gerümpel auf dem Boden. Einen lebendigen Hund gab es in diesem Keller nicht, das war Rasmus klar, und seine Hände bebten, als er sich bückte und das Bündel auseinander wickelte.

Ein Paar Gummistiefel war darin. Ein alter Mantel und ein Paar Gummistiefel – weiter nichts. Er starrte es albern an. Es dauerte lange Zeit, ehe er begriff, dass dies Bündel niemals einen Toker enthalten hatte, weder einen toten noch einen lebendigen.

Erstaunt guckte er Pontus an.

»Wo haben sie Toker gelassen?«

Und da wurde ihnen klar, dass sie das nicht erfahren würden. Sie waren einer falschen Spur nachgegangen und währenddessen hatte Ernst Toker natürlich längst schon in das Versteck gebracht, wo niemand ihn finden und niemand ihn hören konnte. Und da saßen sie nun . . . in Frau Anderssons Keller!

»Wenigstens der Silbersack muss hier sein«, sagte Pontus schließlich. Er nahm Rasmus' Taschenlampe und begann in dem Gerümpel herumzuleuchten. Aber Rasmus blieb auf dem Fußboden neben den Gummistiefeln sitzen. Was kümmerte es ihn, ob der Keller voll Silber war, wenn kein Toker hier war?

»Obwohl es natürlich gut ist, dass er nicht hier ist«, sagte er. »Wenn er nämlich hier wäre, dann wäre er bestimmt tot.«

Jetzt war jedenfalls ein bisschen Hoffnung, dass

er Toker morgen Abend lebendig wiederkriegen würde.

Pontus hatte alles durchstöbert. Er hatte den Deckel von Frau Anderssons Kartoffelkiste aufgemacht. Nun stand er da und klopfte zufrieden auf den Sack, der da drinnen lag.

»Rat mal, was hier liegt! Und rat mal, wer jetzt den Sack nimmt und damit zur Polizei läuft!«

Rasmus schüttelte müde den Kopf.

»Wir jedenfalls nicht. Denn du willst doch wohl nicht, dass sie Toker umbringen?«

Still klappte Pontus den Deckel über der Kartoffelkiste wieder zu.

»Nee, natürlich nicht. Daran hab ich nicht gedacht!«

Aber selbst Rasmus musste schnell einen Blick auf den Sack werfen und fühlen, wie voll gepfropft mit Silber der war.

»Glaubst du, es gibt außer uns noch irgendjemand, der so viel Merkwürdiges erlebt hat?«, sagte er. »Hier stehen wir mit einem ganzen Sack voll Silber und können nicht das kleinste bisschen damit anfangen. Nicht das kleinste bisschen!«

Pontus fand auch, dass es komisch war. Dies war eine komische Nacht. Sie hatte so gut angefangen und so schlimm geendet. Es wäre vielleicht besser gewesen, wenn sie zu Hause in ihren Betten liegen geblieben wären. Pontus gähnte. In diesem Augenblick fühlte er, was für ein herrlicher Ort ein Bett war. Er klopfte Rasmus auf die Schulter.

»Wir gehen wohl jetzt nach Hause und schlafen?«

»Ja, das tun wir wohl«, sagte Rasmus niedergeschlagen.

Es war schrecklich mit anzusehen, Pontus hätte ihn gern getröstet, und sei es auch nur ein ganz klein wenig. Und plötzlich fiel ihm etwas ein: Pricks Foto! Etwas Gutes hatten sie doch immerhin ausgerichtet.

»Du, rat mal, wer jetzt Prick in ganz kurzer Zeit ihr Foto wiedergibt«, sagte er eifrig.

Aber Rasmus schüttelte wieder den Kopf.

»Wir jedenfalls nicht. Verstehst du das nicht? Wir dürfen doch kein Sterbenswörtchen davon sagen, dass wir heute Nacht in Joachims Haus gewesen sind. Dann denken die doch, wir haben das Silber geklaut. Begreifst du das nicht?«

Pontus stand entmutigt da. Was für eine total missglückte Rettungsaktion! Er nickte betrübt.

»Du hast Recht! Wir können nicht das kleinste bisschen tun. Nur, wie Alfredo sagt, ›Maul halten‹.«

Er wollte nicht aufwachen. Er wollte auf keinen Fall aufwachen. Aber sein Vater zog ihn an den Beinen hoch und schüttelte ihn. Ein wirkliches Ausruhen war auf diese Weise nicht gut möglich. Außerdem stand Mama daneben und kitzelte ihn unter dem einen Fuß, das machte die Sache nicht besser. Mühsam öffnete er die Augen und betrachtete mit Widerwillen die auf den Kopf gestellte Welt um sich herum.

»Du *musst* aufwachen, Rasmus«, sagte Mama lachend. »Willst du denn heute nicht in die Schule gehen?«

Sein Vater ließ ihn auf den Fußboden hinunter.

»Kinder haben jedenfalls einen wunderbaren Schlaf«, sagte er. »Dieser Bengel hat seit gestern Abend um acht Uhr geschlafen und es ist fast nicht möglich, ihn zum Leben zu erwecken.«

Nein, denn ich will nicht aufwachen, dachte Rasmus. Ich will nicht aufwachen und an Toker denken müssen.

»Und mit Toker bist du auch noch nicht draußen gewesen«, sagte Mama. »Wo ist Toker überhaupt?«

»Ich weiß nicht«, murmelte Rasmus.

»Vielleicht ist er drinnen bei Prick«, sagte Papa. »Prick«, rief er, »hast du Toker bei dir?«

Aus Pricks Zimmer kam ein finsteres Nein.

»So ein Strolch, dann ist er wieder aus dem Fenster gesprungen«, sagte Mama. »Rasmus, ich glaub, du musst ihn mal ordentlich ausschelten, wenn er nach Hause kommt.«

Ihn ausschelten, hat sie gesagt? Oh, wenn sie wüsste! Falls Toker lebend zurückkäme, würde er ihn für jedes harte Wort, das er je zu ihm gesagt hatte, um Verzeihung bitten und ihm für all sein Taschengeld Hackflcisch kaufen und ihn niemals, niemals auch nur eine einzige Minute allein lassen, und wenn er deswegen von der Schule abgehen müsste.

Aber er konnte nicht sofort von der Schule abgehen. Heute musste er hin, wenn er auch keine Ahnung hatte, wie er einen ganzen Tag dasitzen und an Toker denken konnte ohne graue Haare zu bekommen.

Prick war mit ihrem Frühstück schon fertig, als er in die Küche kam, aber sie saß noch am Tisch und starrte finster vor sich hin. Wie war es bloß möglich, dass sie so unnatürlich um Joachim trauerte! Er war doch schließlich kein Hund! Übrigens konnte Rasmus sich nicht mehr um ihre Sorgen kümmern. Jetzt hatte er genug mit seinen eigenen zu tun, die so unendlich viel größer waren!

Aber Papa war munter wie immer. Er röstete Brot und sang aus voller Kehle:

»Hab mein Wage' voll gelade',
voll mit jungen Mädchen ...«

Rasmus warf ihm einen vorwurfsvollen Blick zu. Es war unpassend, so zu singen, wenn Toker weg war. Aber das begriff Papa nicht. Er sah von Rasmus zu Prick und von Prick zu Rasmus.

»Was ist das eigentlich hier ... hat der Verband der Schlafmützen immer noch Jahresversammlung oder was ist los?«

Er versetzte Rasmus einen aufmunternden Puff.

»Sorgst du dich um Toker? Ganz ruhig! Die Polizei von Västanvik liegt in höchster Bereitschaft, Toker ist so gut wie schon gefunden.«

In diesem Augenblick läutete das Telefon draußen in der Diele. Mama ging hin und nahm ab.

»Patrik«, rief sie, »der Polizeimeister möchte dich sprechen.«

Papa erhob sich vom Tisch.

»Was in aller Welt will der so früh am Morgen?«

Ich möchte wetten, dass ich das weiß, dachte Rasmus und er horchte gespannt.

»Zu Diensten, PM«, brüllte Papa. »Bist du schon wach und weinst nicht mal? ... *Was* sagst du da?«

Papa schwieg lange Zeit und Rasmus wartete ungeduldig auf die Fortsetzung.

»Bei von Rencken?«, schrie Papa und nun sperrte sogar Prick die Augen und die Ohren auf. »Da hört doch aber alles auf! ... Jaja, ich komme wie eine Rakete!«

Und wie eine Rakete kam er in die Küche.

»Bei von Rencken ist eingebrochen worden! Das Silber ist weg . . . der ganze Klimbim!«

Er goss sich einen Schluck glühend heißen Kaffee in den Hals und stieß ein Gebrüll aus, weil er sich verbrannt hatte.

»Himmeldonnerwetter noch mal, was für 'n Kaffee!«, schrie er. »Ich muss sofort aufs Revier.«

Er stülpte sich die Uniformmütze auf den Kopf, während er zur Tür stürzte. Dort bremste er einen Augenblick, schlug die Hacken zusammen und grüßte.

»Gott schütze den König – vielleicht komm ich auch zum Essen nicht nach Hause!«

Damit war er verschwunden und Mama, die nicht dazu gekommen war, ein einziges Wort zu sagen, stand da und starrte ihm verdutzt nach.

»Gott schütze den König – vor Patrik Persson«, sagte sie und schüttelte den Kopf. Sie goss sich Kaffee ein und setzte sich neben Prick.

»Armer Baron von Rencken! Denkt bloß, das ganze Silber! Da soll ja ein besonders schöner Humpen dazwischen sein, habe ich gehört. Der ist natürlich auch weg.«

»Das hoffe ich«, sagte Prick.

»Was redest du da für einen Unsinn?«, sagte Mama. »Du hoffst, der Humpen ist . . .«

Aber Prick unterbrach sie.

»Liebe Mama, ich bin allergisch gegen Humpen. Ich kriege Pickel am ganzen Körper, wenn ich nur das Wort höre.«

Mama sah sie erstaunt an, sagte aber nichts.

Ich bin auch allergisch gegen Humpen ... und gegen Silberdiebe und Schaubudenleute und dicke Bertas, dachte Rasmus. Und dann ging er in die Schule.

»Wie ist es, Bruder Pontus, soll ich dir ein paar Streichhölzer leihen, mit denen du die Augenlider stützen kannst?«, fragte Doktor Fröberg in der Rechenstunde. »Du hast wohl heute Nacht schlecht geschlafen, Bruder Pontus?«

»Jaa«, sagte Pontus wahrheitsgemäß.

Rasmus stand vorn an der schwarzen Tafel und kämpfte mit einer Aufgabe. Er merkte, dass er auch ein paar Streichhölzer gebrauchen könnte um die Augenlider zu stützen. Er war den ganzen Tag so müde gewesen, müde und niedergeschlagen, und dies war die letzte Stunde. Da war es immer schwer, sich wach zu halten, selbst wenn man nicht in der Nacht Diebe gejagt hatte. Was die Lehrer sagten, klang wie ein unverständliches Gesumme.

Doktor Fröberg prüfte kritisch Rasmus' Auslegungen an der schwarzen Tafel und schüttelte sich vor Unbehagen.

»Komisch«, sagte er, »so gegen Ende Mai bekommen sonst alle faulen Schüler einen Anfall von Fleiß und Wissensdurst, aber Rasmus Persson ist es offenbar nicht klar, dass wir in vierzehn Tagen Zeugnisse bekommen?«

Doch, das war Rasmus Persson klar und normalerweise hätte er sich wegen seiner Zensur in Mathematik wohl Gedanken gemacht, aber gerade jetzt war sie ihm herzlich gleichgültig. Das Einzige, worüber er sich Gedanken machte, war Toker und er sehnte das Ende der Stunde herbei, damit Pontus und er zu Ernst gehen und mit ihm reden konnten.

»Ich werde ihm aber gründlich die Wahrheit sagen, dass du's weißt«, erklärte er Pontus, als sie sich dem roten Wohnwagen zwischen den Fliedersträuchern näherten, wo Ernst sie hinbestellt hatte.

Aber es war kein Ernst zu sehen. Dagegen saß Alfredo auf seiner kleinen Treppe, einen alten, schmuddeligen Bademantel über dem Artistenkostüm und mit einer Flasche Bier vor dem Mund. Sie blieben ein paar Schritte entfernt stehen und glotzten ihn wütend an. Die Ereignisse der Nacht standen ihnen in all ihrer Scheußlichkeit lebendig vor Augen, als sie ihn sahen. Nur zu gut erinnerte sich Rasmus, wie diese großen Pranken, die die Bierflasche hielten, ihn heute Nacht misshandelt hatten.

Aber jetzt war Alfredo leutselig.

»Seht nicht so muffisch aus, Jungchens«, sagte er und ließ die Bierflasche sinken. »Kleine Jungchens sollen vergnügt sein, das sagte meine kleine Mammi immer. Himmel, Arm und Zwirn, wie sie mich verdreschte, wenn ich nicht vergnügt sein wollte!«

Rasmus sah ihn finster an.

»Ich kann mir denken, wie vergnügt Sie sein würden, wenn Sie Ihren Hund losgeworden wären, Herr Alfredo.«

Alfredo gluckste zufrieden vor Lachen.

»Herr und Herr – ich denke, wir sagen uns du, weil wir nun sozusagen einigen Geschäften zusammen haben«, sagte er und beugte sich mit einem listigen Augenzwinkern zu ihnen vor.

»Ich weiß man bloß nicht, ob ich mich mit einem Dieb duzen möchte«, sagte Pontus patzig.

»Still!«, zischte Alfredo, aber dann lachte er wieder. »Findest du besser, wenn du ihn Herr anredest, du Dummkopf? Wie heißt ihr, kleinen Lümmeljungs?«

»Rasmus«, antwortete Rasmus widerstrebend.

»Pontus«, sagte Pontus.

Alfredo lachte, dass sein Bauch auf und nieder hüpfte.

»Rasmuus und Pontuus, das ist ja zum Schießen! Aber Rasmuus und Pontuus, das sind brave Jungs«, fuhr er schmeichelnd fort, »keine solche abscheuliche Klatscherbasen. Denn die wissen, was mit solchen gemacht werden ... Die haben nur einen kleinen, ganz toten Hund, ganz tot!«

Rasmus' Augen wurden groß und ängstlich.

»Alfredo, kannst du schwören, dass Toker noch lebt?«, sagte er.

Alfredo setzte die Flasche an den Mund und leerte sie bis auf den letzten Tropfen. Dann rülpste er und sagte:

»Und ob er lebt! Er lebt so sehr, dass man verzweifeln möchte, der kleine Bestie!«

Er rülpste noch einmal und schleuderte die Bierflasche in die Fliederbüsche. Rasmus gab es einen Stich. Der Flaschensammler in ihm hätte sich am liebsten auf die Flasche gestürzt, aber er ließ es. Er wollte nicht auch nur eine einzige lumpige Öre an so einem Schurken verdienen, der ihm seinen Hund weggenommen hatte! Aber er trat ein paar Schritte näher auf Alfredo zu und sah ihn inständig bittend an.

»Alfredo, habt ihr daran gedacht, dass Toker Wasser und Fressen haben muss?«

»Ach ja, er steht in Biifstick bis an die Knie«,

versicherte Alfredo. »Und Wasser hat er so viel, dass er sich ertrinken kann drin, wenn er Lust kriegt.«

Rasmus hoffte von Herzen, dass es wahr sein möge, aber er war nicht ganz überzeugt.

»Ist es auch wirklich wahr?«, fragte er und sah Alfredo flehend in die Augen.

Alfredo war beinahe gekränkt.

»Denkst du, ich lüge? ›Du sollst dich immer an der Wahrheit halten, Alfredochen‹, pflegte meine kleine Mammi zu sagen. ›Nur bei die Polizei, da sollst du so feste lügen, wie du kannst . . .‹«

Er unterbrach sich und starrte gelähmt vor Schrecken den Pfad hinunter.

»Teufel auch, da kommen zwei Stücker!«

All seine Leutseligkeit war weg; er packte Rasmus mit eiserner Faust am Arm und zischte:

»Lümmeljunge, hast du uns etwa doch verpfeift?«

Rasmus riss sich los.

»Stell dir vor, das hab ich nicht! Glaubst du nicht, die Polizei weiß selber, wo sie anfangen soll nach Dieben zu suchen?«

»O ja, die kommen immer auf Jahrmarkt«, grollte Alfredo und warf einen langen, gehässigen Blick auf die Polizisten, die sich seinem Wagen näherten.

Rasmus hatte keine Lust, sich von seinem Vater und dem Polizeimeister in Alfredos Gesellschaft sehen zu lassen.

»Komm, Pontus, wir machen uns dünne«, flüsterte er schnell.

Noch war Zeit genug zu verschwinden. Es sollten anscheinend noch mehrere andere Wagen durchsucht werden, ehe Alfredos an die Reihe kam. Aber Alfredo packte sie wieder am Arm.

»Hier bleiben!«, sagte er drohend. »Hier bleiben, bis die wieder weg sind!«

Jetzt kam Berta angerast. Sie war in Todesängsten, ihre wässrigen blauen Augen blinzelten Alfredo entsetzt zu.

»Polizei«, jammerte sie, »du Allmächtiger! Hab ich 'ne Angst!«

Alfredo schob sie in den Wagen hinein.

»Bleib da drinne sitzen und halt's Maul! Polente und Hunde darf man nie zeigen, dass man Angst hat, dann beißen sie!«

Er seinerseits sah nicht mehr so aus, als habe er noch Angst. Jetzt war er der gutmütige Gaukler, der überhaupt nie etwas mit der Polizei zu schaffen gehabt hatte und am allerwenigsten mit diesen beiden, die in diesem Augenblick auf ihn zukamen und militärisch grüßten.

»Entschuldigen Sie, wir möchten nur mal eben Ihren Wagen ein bisschen näher anschauen ... eine reine Routineuntersuchung«, sagte der Polizeimeister.

Alfredo lachte gutmütig glucksend.

»Ah, Sie dürfen so viel routinieren, als Sie wollen. Aber nehmen Sie sich vor Berta da drinne in

Acht. Wird sie geärgert, dann geht sie ohne Bedenklichkeit zum Angriff . . . Vielleicht ist ’n bisschen Kaffee gefällig?«

»Danke, wir sind von der *Polizei*«, sagte der Polizeimeister spöttisch.

Alfredo nickte.

»Ich ahnte es, ich ahnte es, sobald ich Ihre schöne Uniformen sah. Das kann nicht zwei gewöhnliche Idioten sein, sagte ich mir, das müssen zwei Poliziste sein.«

Rasmus und Pontus standen einige Schritte entfernt und machten sich so klein, wie sie konnten. Rasmus merkte, es war seinem Vater nicht recht, ihn hier zu sehen. Er guckte ihn scheu an und hoffte, er werde nichts sagen. Aber diese Hoffnung trog.

»Was tust du hier?«, sagte sein Vater ungehalten.

Bevor Rasmus antworten konnte, griff Alfredo ein.

»Oh, zwei kleine liebe Jungs, die mögen gern mit ein einfacher Schwertschlucker plaudern. Kleiner Rasmuus, das ist ein hübsches und kluges Kind. Er wird mal groß werden und Polizist werden genau wie seinen Vater, müssen wir doch hoffen.«

»Komm, Patrik«, sagte der Polizeimeister und dann gingen sie hinein. Rasmus und Pontus blieben mit Alfredo draußen.

»Armer kleiner Berta, wenn die sie bloß nicht um ihr Verstand bringen und sie so erschrecken«, sagte Alfredo. »Obwohl, wie sollten die das wohl machen, wo sie doch kein hat?«

Er beugte sich vor und streichelte Rasmus' Backe.

»Und du, armer Jungchen, du sollst es nicht dir so zu Herzen nehmen, was ich eben sagte, dass du vielleicht Polizist wirst, wenn du groß bist. Es war nicht meinen Absicht, dass ich dich kränke. Das kann besser ausgehen, wie du denkst. Alle Jungs braucht nicht wie ihr Vater zu werden.«

»Tsss«, sagte Rasmus.

»*Dein* Vater, war der Schwertschlucker?«, fragte Pontus.

Alfredo schüttelte den Kopf.

»Nein, die waren Rosstäuscher, alle drei. Und meine kleine Mammi, die war auch nicht kein Schwertschlücker.«

»Was war sie denn?«, fragte Rasmus.

Alfredos Familienverhältnisse waren ihm ganz schnurz, aber vielleicht war es gut für Toker, wenn er sich mit diesem Bösewicht gut stellte.

»Die war auch Rosstäuscher«, sagte Alfredo. »Die schlaueste kleine Rosstäuscher, wo ihr euch denken könnt, glattweg phänominal. Es gab kein Gaul, und ob er noch so alt und ausgedient wäre, dass sie dem nicht ein bisschen Arsenik reintrichtern konnte, und dann wurde der so munter und zappelig, so lange, bis sie der verkauft hatte. Ich weiß noch besonders von einen, der hieß Leonore ...«

Rasmus wand sich. Er kriegte langsam Hunger.

»Wir müssen wohl jetzt nach Hause zum Essen«, sagte er.

Alfredo machte ein gekränktes Gesicht.

»Wollt ihr nicht von Leonore hören? Das war ein alter Mähre, die konnte kaum auf ihre Beinen stehen, aber Mama, die trichterte vier Büchsen Medizin in ihr rein und verkaufte ihr an ein Bauer auf den Markt in Kivik.«

»Soso«, sagte Pontus.

»Och ja, was denkst du! Und Leonore, die rannte – es war ein heller Freude, wenn der Bauer mit ihr am Abend zu Hause fuhr.«

»Wir müssen wohl jetzt gehen«, sagte Rasmus.

Alfredo beachtete den Einwand nicht, er hob die Stimme nur noch mehr.

»Aber nächsten Tag, dann lag die Mähre in Stall zu Hause bei den Bauer und konnte sich nicht rühren.«

»Ist der Bauer da nicht böse geworden?«, fragte Pontus.

Alfredo zuckte die Schultern.

»Was ging das meine kleine Mammi an, ob ein Bauer böse wurde? Sie traf ihn ein paar Tage hinterher und da fragte sie höflich und freundlich: ›Na, wie geht es die Mähre? Wie geht mit die kleine Leonore?‹ ›O ja, danke‹, sagte der Bauer,

›sie kann jetzt schon jeder Tag ein paar Stunden aufsitzen.‹«

Da niemand anders lachte, tat Alfredo es selber, lange und dröhnend, so lange, bis hinter ihnen die Tür geöffnet wurde.

»Na, da haben wir ja den Polizeikommissaren«, sagte er. »Haben Sie was gefunden?«

»Es war eine reine Routineuntersuchung, haben Sie ja gehört«, sagte der Polizeimeister würdevoll.

Alfredo kratzte sich mit beiden Händen die behaarte Brust und zwinkerte dem Polizeimeister spitzbübisch zu.

»Jaja, ich mach auch manchmal reine Routineuntersuchungen und finde nichts. Was suchen Sie denn eigentlich? Ich hörte, wie was gesagt wurde von eine Menge Silber, was gestohlen sein soll?«

Der Polizeimeister nickte.

»Das wird schon stimmen.«

Rasmus war erschüttert über Alfredos bodenlose Frechheit. Dort saß dieser Lumpenkerl und machte sich auf Papas und PMs Kosten lustig! Es leuchtete förmlich um ihn herum, seine Augen funkelten einfach unverschämt und er feixte derartig, dass die weißen Zähne schimmerten.

»Ja, ja, es gibt vielen unehrlichen Leuten«, sagte er. Dann brach er einen Fliederzweig ab und roch andächtig daran.

»Ah, diesen herrlichen Blumen ... Na, aber Sie haben wohl wenigstens einigen Fingerabdrucken gefunden, damit Sie was haben, wo Sie sich dran halten können?«

Rasmus schauderte es. Himmel, wenn die anfingen im Hause bei von Renckens Fingerabdrücke abzunehmen!

»Fingerabdrücke?«, sagte sein Vater. »Hier ist kein kleiner Anfänger am Werk gewesen, sondern ein Gewohnheitsdieb, der geübt und erfahren ist.«

Alfredo steckte sich den Fliederzweig hinters Ohr und lachte schelmisch.

»Haha, Sie kommen mit Schmeicheln bei mir nicht weiter ... Ich gestehe doch nicht.«

»Komm, Patrik, wir gehen«, sagte der Polizeimeister. »Wir haben Wichtigeres zu tun.«

»Das verstehe ich, das verstehe ich«, gluckste Alfredo. »Vieles Glück mit die Routineuntersuchungen.«

Er blieb lange Zeit sitzen und guckte ihnen nach, dann zwinkerte er den Jungen zu und sah mehr denn je wie ein Fuchs aus.

»Wenn man Schwein hat und nie Fingerabdrucken hinterlässt, da kommt man weit, das sagte meine kleine Mammi immer. Lieben jungen Freunden, vergesst nie meinen weisen Worten!«

Er erhob sich und wickelte den Bademantel fester um sich.

»Komm, Berta«, schrie er in den Wagen hinein, »es ist Zeit, dass ich wieder einige paar Schwerter schlücke! Aber wisst ihr was, kleine Lümmeljungs«, fuhr er fort, »nun zieh ich mir bald zurück und schlücke kein Schwerter mehr, nicht mal ein kleinen Buttermesser schlücke ich mehr. Ah, wird das schön.«

Berta kam heraus. Jetzt hatte sie ihr Rotseidenes an. Sie warf den Jungen einen bitterbösen Blick zu, sagte aber nichts, sondern rauschte nur vorüber. Alfredo wollte ihr gerade folgen, aber Rasmus zupfte ihn flehentlich am Gürtel seines Bademantels.

»Lieber Alfredo, kann ich Toker nicht jetzt gleich zurückkriegen, wenn wir auf Ehre versprechen, dass wir nichts verraten?«

Alfredo riss den Gürtel an sich.

»Ein Wort ist ein Wort! Samstagabend, nicht früher und nicht später! Nicht so ungeduldig sein, kleinen Lümmeljungs!«

Sie gingen fort, zutiefst überzeugt, dass Alfredo der geriebenste Schurke der Welt sei, aber auch mit einer gewissen Zuversicht, dass Toker trotz allem am Leben sei und morgen Abend frei sein würde. Es galt jetzt nur, bis dahin auszuhalten.

Rasmus spürte, dass man es leichter aushielt, wenn man nicht allein war, und Pontus, der ein kluger junger Mann war, verstand ihn.

»Komm mit zu mir nach Hause«, sagte er. »Ich

hab Speckpfannkuchen, die ich aufwärmen soll . . . Mama ist beim Bürgermeister, die geben heute ein Fest.«

Pontus' Mama war die beste Fest-Köchin der Stadt, sie versorgte sich und ihren Sohn dadurch, dass sie ausging und die feineren Essen in der Västanviker Gesellschaft kochte. Und sicher wurden die jungen Hähnchen, die sie eben jetzt in Bürgermeisters Küche briet, köstlich, aber mit den Speckpfannkuchen, die sie zu Hause auf dem Herd für Pontus zurückgelassen hatte, waren sie keinesfalls zu vergleichen.

»Denn die sind die besten der Welt«, sagte Pontus.

Rasmus ging dankbar mit hinauf zum Schreinerhang. Er mochte nicht nach Hause gehen. Da gab es ja keinen Toker mehr, der ihm entgegenstürzte und vor Freude bellte, keinen Toker, der wie ein kleiner warmer Klumpen unter dem Esstisch neben seinen Füßen lag, keinen Toker, der in seinem Bett lag und schniefte, die Nase an seinen Hals gebohrt, keinen Toker . . . Wozu sollte er dann nach Hause gehen? Außerdem musste Mama inzwischen begriffen haben, dass Toker irgendetwas zugestoßen war, und Rasmus konnte nicht vor ihr stehen und so tun, als wisse er nichts.

Am Telefon war es leichter, so zu tun. Und während Pontus die Speckpfannkuchen aufwärmte, rief Rasmus zu Hause an.

»Ja, wir werden ihn suchen, Pontus und ich . . .

Ja, ich krieg hier zu essen, wir essen Speckpfannkuchen, Pontus und ich ... Ja, ich mach meine Schularbeiten, wir machen sie zusammen, Pontus und ich.«

Er legte den Hörer auf und ging in die Küche zurück, wo Pontus bereits fertig gedeckt und aufgetragen hatte.

Die Mahlzeit war, wie Pontus' Mama es nannte, »ein kleines intimes und behagliches Junggesellenessen mit Gerichten, wie die Herren sie mögen«. Für diese beiden besonderen Junggesellen gab es fast nichts, was sich mit Speckpfannkuchen messen konnte.

»Es war aber nett von deiner Mama, dass sie so viele Pfannkuchen gemacht hat«, sagte Rasmus und streute sich einen ganzen Berg Zucker auf den Teller.

Pontus lachte zufrieden. Es machte Spaß, ausnahmsweise einmal Gastgeber zu sein, da er sonst so häufig bei Rasmus zu Hause Mittag gegessen hatte.

»Nun lang ordentlich zu! Es reicht dicke für zwei!«

Und Rasmus langte zu. Eine ganze Weile dachte er nur an Speckpfannkuchen und fast gar nicht an Toker.

Aber hinterher, als sie abgewaschen und ihre Schulaufgaben gemacht hatten, wurde Rasmus schweigsam. Er wusste, dass er bald nach Hause gehen musste, und graulte sich davor.

»Du«, sagte Pontus, »ob wir nicht mal in'n Keller runtergehen und uns den Silberkram in der Kiste ein bisschen angucken?«

Rasmus' Gesicht hellte sich auf. Das war's, beschäftigt musste er sein, jede Minute beschäftigt.

»Weißt du was?«, sagte er eifrig. »Ob wir uns nicht eine kleine silberne Schale zulegen? Das merkt doch keiner. Die wissen ja selber nicht, wie viel sie geklaut haben.«

Pontus fand den Vorschlag gut.

»Und in ein paar Jahren schicken wir die an Joachims Vater und schreiben auf einen Zettel: ›Ein Geschenk von einem, der unerkannt zu bleiben wünscht.‹«

Durch diese Idee ermuntert begaben sie sich in den Keller hinunter.

»Wenn jemand kommt, dann sagst du bloß, Frau Andersson hat dich gebeten hier aufzuräumen«, sagte Rasmus.

Pontus hatte den Schlüssel schon von der »Vereinigten Alteisen-AG« geholt.

»Ja, klar! Wenn nur Alfredo nicht kommt ... oder Ernst ... Die wollen bestimmt keine Hilfe beim Aufräumen haben.«

Kichernd klappten sie den Deckel von Frau Anderssons Kartoffelkiste hoch, hoben mit vereinten Kräften den Sack heraus und legten ihn vorsichtig auf den Fußboden.

»Aber die werden sich wohl hüten vor morgen

Abend herzukommen«, sagte Pontus zuversichtlich.

Das meinte Rasmus auch.

»Das hier ist schnell erledigt. Ich glaub, wir nehmen den Humpen.«

Aber es war nicht so leicht erledigt, wie Rasmus es sich gedacht hatte. Ernst war wirklich misstrauisch. Es war nicht nur Gerede gewesen, als er gesagt hatte, er wolle den Sack plombieren. Es saß tatsächlich ein kräftiger Bleiklumpen dran, den man aufbrechen musste, wenn man an den Inhalt des Sacks heranwollte.

»Das ist doch 'n kleiner Fisch«, sagte Pontus. »Ich kann einen neuen Klumpen dranmachen. Ich schmelz einfach 'n paar Zinnsoldaten ein.«

Rasmus schüttelte den Kopf.

»Nee, das merkt man. Er hat da so ein Siegel reingedrückt, ich weiß nicht, womit ... es sieht aus wie ein Geldstück.«

»Wir können doch aber auch ein Siegel reindrücken«, meinte Pontus.

»Ja, aber nicht genau so eins. Er hat irgend'ne ausländische komische Münze dazu genommen. Der blöde Ernst, der ist misstrauisch wie eine alte Ziege.«

Sie befühlten den Sack, fühlten die Silbersachen unter ihren Händen und grämten sich aus ganzer Seele, dass sie nicht herankonnten, sie nicht wenigstens ansehen konnten.

Rasmus dachte nach.

»Du«, sagte er nachdenklich, »man könnte natürlich den Sack unten aufschneiden und ihn hinterher wieder zunähen.«

Pontus kicherte.

»Die Idee sollten wir an Alfredo verkaufen, finde ich. Dann sitzt Ernst da mit seinem Bleiklumpen.«

Doktor Fröberg pflegte immer zu sagen, es seien Männer mit Ideen, die die Welt weiterbrächten. Er musste solche wie Rasmus meinen, darin war sich Pontus sicher.

»Du, Rasmus, du bist so einer mit Ideen«, sagte er, »und ich, ich bin so einer, der losrennt und Schere, Nadel und Faden holt.«

Das tat er. Und dann machten sie sich gleich an die Arbeit. Rasmus schnitt den Sack mit einiger Mühe auf, und als sie den Inhalt herausgeschüttelt hatten, herrschte in Frau Anderssons Keller eine Weile andächtiges Schweigen.

»Au Junge«, sagte Rasmus schließlich.

Dass dies eine der hervorragendsten antiken Silbersammlungen des Landes war, daran brauchte man nicht zu zweifeln. Hier gab es alles: kleine Becher und große Becher, Teekannen und Leuchter und Schnupftabaksdosen, alles aus Silber; kleine feine Salzfässer aus Silber, Zuckerzangen aus Silber, Sahnegießer aus Silber und dann den schönen Humpen, gegen den Prick allergisch war und in den Alfredo Flieder gesteckt hatte.

»Was wollen wir nun klauen?«, fragte Pontus. »Es ist vielleicht das Beste, wir nehmen so 'n paar kleine Dinger, die merkt man nicht so.«

»Ach was, der Humpen ist nicht so groß«, sagte Rasmus. »Der ist nicht viel größer als Mamas alter eiserner Mörser zu Hause.«

Als er das gesagt hatte, fiel ihm ein, dass Mamas alter eiserner Mörser nicht mehr zu Hause war. Den hatte er ja letzte Woche für sein Alteisenlager bekommen und Mama hatte sich einen neuen, handlicheren und kleineren gekauft.

Der eiserne Mörser! Das war der zündende Funke. Jetzt kam ihm eine neue, glänzende Idee.

»Hör mal, Pontus«, sagte er – dann schwieg er und überlegte.

Dieser Silberhai, von dem Ernst geredet hatte und der morgen Abend kommen würde ... Der Sack sollte plombiert sein, wenn er ihm übergeben wurde, niemand würde sich vorher den Inhalt ansehen. Aber bevor Alfredo und Ernst hier weggehen würden, mussten sie Toker zurückgeben ... Wenn sie den Sack öffneten, würde Toker außer Reichweite vor einem Attentat von ihnen sein ... Ja, es kam hin ... Soviel er sehen konnte, hatte seine wunderbare Idee keinen einzigen Haken.

»Du, Pontus«, sagte er. »Wir haben versprochen nicht zu klatschen, aber wir haben nicht versprochen das Silber nicht zu klauen. Und jetzt werde ich alles miteinander klauen.«

»Bist du verrückt«, sagte Pontus. »Dann kriegst

du Toker nie zurück. Stell dir vor, wie wütend die werden, Ernst und der Alfredo!«

»Die merken es nicht«, sagte Rasmus und lachte leise und glücklich in sich hinein.

Pontus machte ein erstauntes Gesicht.

»Die merken es n ... «

Rasmus unterbrach ihn.

»Oder erst, wenn es zu spät ist«, sagte er. »Die ›Vereinigte Alteisen-AG‹ ... Wir haben doch hoffentlich so viel auf Lager, dass es langt, um diesen Sack voll zu machen?«

Pontus stand da wie mit der Keule geschlagen. Er kicherte nicht einmal. Er schaute Rasmus nur in stummer Bewunderung an, überzeugter denn je, dass solche wie er es seien, die die Welt weiterbrachten.

»Kleine Jungs müssen vergnügt sein«, hatte er gesagt ... Alfredo. Es war schade, dass er nicht sehen konnte, wie vergnügt sie waren, diese beiden, die mit Silberdosen und Leuchtern und Humpen beladen im Pendelverkehr zwischen Frau Anderssons Keller und der »Vereinigten Alteisen-AG« hin- und herwanderten. Sie arbeiteten schnell und methodisch. Das Silber steckten sie in eine Ecke unter Papierabfälle und alte Zeitungen und deckten alles gut zu, so dass kein menschliches Auge sehen konnte, welch ein Reichtum hier verborgen lag. Und sie wählten sorgfältig unter dem Alteisen, damit es an Gewicht und Umfang einigermaßen mit dem Diebesgut übereinstimmte.

Zuletzt kam das Allerschwierigste: den Sack zusammenzunähen.

Rasmus saß auf dem Kellerfußboden mit gekreuzten Beinen wie ein Schneider und stichelte aus Leibeskräften.

»Schade, dass man in Handarbeit nie mehr als eine Sechs bekommen hat«, sagte er.

»Ich finde, du nähst ganz gut«, sagte Pontus. »Nennt man das Hexenstich, was du da machst?«

Rasmus betrachtete sein Werk.

»Hm, das glaub ich nicht! Ich glaub eher, es ist Stielstich, aber ganz sicher bin ich nicht. Jetzt bin ich jedenfalls fertig.«

Gemeinsam hoben sie den Sack wieder auf seinen Platz in der Kartoffelkiste und Rasmus gab ihm zum Abschied noch einen kleinen, ermunternden Klaps.

»Ich möchte wissen, was Alfredo sagt, wenn er unseren Zettel findet.«

Um die Silberdiebe nicht unnötig auf eine Spur zu bringen hatten sie ihr »Firmenschild« abgenommen. Das aber lag nun als kleiner Gruß drinnen in dem alten eisernen Mörser: »Braucht ihr mehr dergleichen, dann wendet euch vertrauensvoll an die Vereinigte Alteisen-AG, Inhaber Pontus Magnusson und Rasmus Persson.«

Pontus kicherte.

»Ja, ich möchte wirklich Alfredos Miene sehen, wahrhaftig. Aber jetzt ist es wohl das Beste, wir machen, dass wir wegkommen.«

Ach, weshalb sagte er es erst jetzt? Als es zu spät war? Es war zu spät, hier wegzukommen. Denn in diesem Augenblick hörten sie jemanden auf der Kellertreppe. Zwei waren es, die herunterkamen, und der eine sagte:

»Du bist nicht stark mit die Nerven, Ernst, das bist du nie gewesen.«

Rasmus und Pontus starrten einander in wilder Panik an. Jetzt war alles verloren. Toker war verloren. Das Silber auch. Es gab keinen Ausweg aus der Klemme.

Hilfe, dachte Rasmus, Hilfe!

Als Antwort auf sein Gebet ertönte draußen auf der Treppe ein Gepolter. Er packte Pontus am Arm.

»Komm schnell!«

Sie rannten um ihr Leben, und als Pontus das Vorhängeschloss zuschnappen ließ, hörten sie Alfredo ärgerlich grunzen:

»Helfe mich hoch, Ernst. Diese Treppe ist extra konstruiert, damit Leute sich alle Beine abbrechen.«

Es war eine Rettung in allerletzter Sekunde. Das Herz klopfte ihnen bis zum Hals, als sie in ihrem Alteisenlager standen und durch die Ritze in der Wand sahen, wie Alfredo das Vorhängeschloss öffnete, das sie nur wenige Sekunden vorher zugedrückt hatten.

»Nun sollst du mal sehen«, wiederholte Alfredo. »Du sollst nicht so sehr misstrauisch sein gegen armes Bertachen . . . Seh hier, die Plombierung ist unberührt, komplett unberührt.«

Sein erster Gedanke, als er am Samstagmorgen erwachte, war:

Heute Abend kriege ich Toker wieder! Nicht morgen Abend oder in der nächsten Woche, sondern heute Abend. Und dann liegt er wieder da neben mir!

Er machte die Hand hohl, als wolle er Tokers Kopf fühlen. Er wusste genau, wie diese rauen Zotteln sich anfühlten. Die Erinnerung daran lebte in seiner Hand weiter, sie war so lebendig, dass er sich fast einbilden konnte, Toker sei schon da.

Er sehnte sich so sehr nach ihm, aber erstaunlicherweise war er nun nicht mehr besorgt. Wenn dieser Tag zu Ende ging, würde all sein Kummer vorüber sein, dessen war er sicher und darum war er fröhlich.

Er stand in seinem Zimmer am Fenster und zog sich pfeifend seine Sachen an. Oh, das war ein guter Tag. Es machte nichts, dass es regnete. Der ganze Garten draußen lag in einem weichen, grauen Dunst. Die Blütenblätter fielen von den Apfelbäumen auf den Rasen, es sah fast aus wie Schnee. Und wie still der Morgen war! Die Amsel sang nicht wie sonst. Vielleicht mochten Amseln keinen Regen? Im Allgemeinen mochte er ihn auch nicht. Aber heute machte das alles nichts, heute würde er Toker wiederkriegen.

Es war nur schade, dass er es Mama nicht erzählen konnte. Sie war traurig und unruhig, so dass sie beinahe weinte.

»So lange ist er noch nie fort gewesen«, sagte sie. »Einen ganzen Tag und eine Nacht ... Wo kann er bloß hingeraten sein?«

Rasmus streichelte unbeholfen ihre Wange und versuchte sie zu trösten.

»Hab keine Angst, Mama. Du wirst sehen, er kommt wieder.«

In der Schule hatte er einen seiner lichten Tage. Er konnte alle Fragen beantworten bis auf eine, er kriegte sein Diktat mit nur zwei Fehlern zurück und Doktor Fröberg sagte, wenn Rasmus Persson nur das Gehirn, mit dem ihn die Vorsehung ausgestattet habe, anstrengen würde, so könnte er ganz gut rechnen.

In den Pausen stand er mit Pontus in einer Pfütze auf dem Schulhof. Sie unterhielten sich leise und geheimnisvoll miteinander und freuten sich diebisch, wenn sie an Toker und auch an den Sack in Frau Anderssons Kartoffelkiste dachten.

Rasmus konnte sogar wieder Mitleid mit Prick haben. Die arme Prick! Früher war sie in den Pausen immer mit Joachim zusammen, aber jetzt stand sie mit den anderen Mädchen aus der Klasse vor der Turnhalle und ein Stückchen weiter stand Joachim bei einem schwarzhaarigen

Mädchen, das über alles, was er sagte, wahnsinnig lachte. Der Blödmann, er musste doch sehen, dass Prick viel hübscher war! Nicht dass Rasmus sich etwa darüber Gedanken machte, wie Mädchen aussahen – weit entfernt! Aber wenn Prick diesen grünen Regenmantel anhatte und ihr Haar so wild um ihren Kopf stand wie immer bei Regenwetter, dann war sie jedenfalls die Hübscheste auf diesem Schulhof, das müsste sogar Joachim mit seinem armseligen bisschen Verstand begreifen. Rasmus hatte große Lust, zu ihm zu gehen und ihn an seiner feinen Baronsnase zu fassen und ihn zu Prick hinzuführen, da sie anscheinend ohne Joachim nicht glücklich sein konnte. Rasmus wollte, sie solle glücklich sein, ebenso glücklich wie er selber; alle Menschen sollten glücklich sein, Mama und Papa auch, falls sie für so was nicht zu alt waren, natürlich. Selbst den Lehrern gönnte er alles Gute an einem solchen Tag, an dem er Toker zurückbekommen würde.

Sobald die Schule aus war, flitzten sie los, zum Läusemarkt, Pontus und er. »Wir müssen genau wissen, wann und wo wir ihn holen dürfen«, sagte Rasmus. »Und sie können uns nicht böse sein, wenn wir kommen und fragen.«

Der Läusemarkt lag menschenleer im Regen. Die Alten wagten sich nicht hinaus, aber hinter den Fensterscheiben sahen sie den beiden in ihren Regenmänteln und Gummistiefeln neugierig nach, die mit solcher Geschwindigkeit durch

Wasserpfützen platschten und offenbar zum Jahrmarkt wollten. Wer in aller Welt mochte bei solchem Wetter auf den Jahrmarkt gehen?

Nein, der Jahrmarkt war wirklich ein trostloser Anblick, so trostlos, wie es nur ein Jahrmarkt an einem Samstagnachmittag sein konnte, wenn es regnete. Das Karussell stand still und wartete vergebens auf Kunden. Die schönen Damen, die einen dazu verleiten wollten, sein Glück zu versuchen, sahen aus, als vergingen sie beinahe vor Langeweile. Der weltberühmte Schwertschlucker Alfredo hatte den Betrieb eingestellt. Und drüben zwischen den Fliederbüschen standen die Wohnwagen im strömenden Regen und in einem See von Schlamm. Sie sahen gar nicht mehr so gemütlich aus, nur trostlos und kümmerlich.

»Es wirkt alles so durch und durch klamm«, sagte Pontus, als sie angerannt kamen, dass der Matsch ihnen um die Gummistiefel spritzte. Die Luft zwischen den Büschen war dumpf und die Fliederdolden hingen schwer von Nässe herunter, so dass ein wahrer kleiner Wasserfall auf einen niedersprühte, wenn man in ihre Nähe kam.

Die Tür von Alfredos Wagen war zu, aber Rasmus klopfte entschlossen an.

»Wer ist da?«, hörten sie Bertas mürrische Stimme.

»Wir sind es«, sagte Rasmus.

Die Tür ging auf. Ernst hatte sie geöffnet und er schien ebenfalls schlechter Laune zu sein.

»Ach so, ihr seid es«, sagte er.

Rasmus guckte ihn erwartungsvoll an.

»Ja, wir wollten nur fragen, wann wir Toker holen dürfen.«

»Was für ein Aufstand um diese Hundetöle«, sagte Alfredo, der am Tisch saß und Kaffee trank. »Kommt her und setzt euch hin, dann können wir über der Sache reden! Berta, gib die jungen Herren ein Schlück Kaffee!«

Berta knallte wütend zwei Tassen auf den Tisch und sie setzten sich artig auf das Feldbett und tranken den Kaffee ihrer Feinde ohne zu mucksen. Sie wagten nicht es abzuschlagen – Tokers wegen!

Ernst saß auf der Pritsche gegenüber und glotzte sie unfreundlich an. Er schien die jungen Herren nicht zu mögen.

»Damit hat es keine Eile«, sagte er. »Wer muss nicht warten, glaubt ihr, wer muss nicht hier in dieser erbärmlichen alten Mausefalle sitzen und warten, bis man fast in lauter kleine Fetzen zerstückelt ist?«

»Mausefalle«, sagte Berta. »Dich hält keiner zurück. Ich wenigstens, ich kann es sehr gut aushalten, ohne dass einer rumsitzt und den lieben langen Tag raucht und die Luft hier drin verpestet.«

»Na, na, na«, grunzte Alfredo, »willst du deine fatale Mund halten, Berta. Ernst ist nicht so stark mit die Nerven, das weißt du.«

Berta warf böse den Kopf zurück.

»Als ob mir das nicht ganz piepe wäre«, sagte sie.

Rasmus und Pontus schwiegen und hörten zu. Es sah so aus, als hätten sie alle vergessen, dass die beiden hier waren. Berta und Ernst waren wütend, das merkte man, und sie konnten sich wohl jeden Augenblick in die Haare geraten. Nur Alfredo trank gemächlich seinen Kaffee.

»Ich weiß genau, was bei dir deinen Fehler ist«, sagte er und zeigte mit der Semmel auf Ernst. »Du solltest ein Frau haben. Es ist für ein Mann nicht gut, wenn er alleine ist.«

»Nee, aber es ist besser«, sagte Ernst mit einem kritischen Blick auf Berta.

»Ja, klar«, gab Alfredo zu, »es ist weit besser. Aber du hast nötig, dass du geläutert wirst, Ernst! Sieh auf mir, ich bin ein geläuterter Mann, den Dank sei Berta. Sie ist Meister in Mannsbilderläutern, das Weib!«

Berta fauchte, sagte aber nichts, und eine Weile war es still.

»Ach ja, sag mal, Alfredo«, versuchte Rasmus von neuem, »es macht doch wohl nichts, wenn wir erfahren, *um welche* Zeit wir Toker holen können?«

»Der Teufel auch, wie es regnet«, sagte Alfredo, ganz so, als habe er nichts gehört. »Ein Jahrmarkt bei Regen, das ist fast ebenso wunderbar vergnügendlich wie mit Berta verheiratet zu sein. Aber ich hab zu meinen großen Glück ein Mückenstich, an den ich mich jucken kann. Dann wird einen die Zeit nicht lange.«

Berta hatte eine Abwaschwanne hervorgeholt, die sie gerade mit schmutzigem Geschirr voll stellte. Ernst lag auf der Pritsche und rauchte, Alfredo kratzte seinen Mückenstich und summte mit einem tiefen, schönen Bass leise vor sich hin. Aber plötzlich hörte er auf zu singen.

»Teufel auch, ich glaube wahrhaftig, es fängt an durch den Dach zu regnen.«

Alle guckten zur Decke hinauf und dort war tatsächlich ein großer, nasser Fleck zu sehen.

Alfredo zwirbelte seinen Schnurrbart und starrte nachdenklich auf den Fleck.

»Das erinnert mich an Onkel Konstantin, der Bruder von meiner kleinen Mammi«, sagte er.

Dann wurde es still. Man hörte nur den Regen gegen die Scheiben prasseln.

»Wir müssen einen Arche bauen, eh es zu spät ist«, sagte Alfredo.

Berta hatte angefangen abzuwaschen, dass es nach allen Seiten spritzte.

»Ich hab noch nie gehört, dass du einen Onkel Konstantin hast«, brummte sie.

Alfredo guckte sie ungehalten an und schüttelte den Kopf.

»Weib, es gibt mehr zwischen Himmel und Erde, als wovon du gehört hast«, sagte er. »Onkel

Konstantin, ja ... er war Rosstäuscher genau wie meine kleine Mammi.«

Ernst wälzte sich auf seinem Feldbett herum. Er war schlechter Laune.

»Nee, weißte, fang jetzt nicht wieder mit deiner kleinen Mammi an, du! Es ist so schon traurig genug.«

»Ich spreche nun von Onkel Konstantin und will nicht welche Einwendungen hören«, sagte Alfredo. »Er war Rosstäuscher, mein Onkel Konstantin, aber auch war er ein Anarchist. Er träumte davon, er wollte die Gesellschaft verbessern, indem dass er sie in der Luft sprengte, ach ja!«

»Soso, denk mal an«, sagte Ernst. »Ja, dazu hätte man hin und wieder die größte Lust!«

»Das hätte man«, pflichtete Alfredo bei, »das ist menschlich! So 'n regnerischen Tag wie heute, da saß Onkel Konstantin in unser Wohnwagen drinne und pusselte mit seine kleine Experimenten. Er wollte was erfinden, das sollte schlimmer sein als Dynamit und Trotyl und so was alles.«

»Ist es ihm gelungen?«, fragte Ernst.

Alfredo nickte.

»Ja«, sagte er, »ja! Ach ja!«

Er legte seine Hand auf Pontus' Kopf.

»Wisst ihr, kleine Lümmeljungs, ein Abend, als ich nach Hause zu meine kleine Mammi komme, da sehe ich ein großen Fleck an die Decke und dann frage ich: ›Was ist das hier? Ist das Spuren von Onkel Konstantin seine Experimente?‹ Da weinte meine kleine Mammi und sagte: ›Nein, das ist Spuren von Onkel Konstantin.‹«

Aber jetzt wurde Berta böse. »Was für ’n Blech«, sagte sie. »Was du bloß für ’n Blech redest. Ich weiß doch, du hast gar keinen Onkel Konstantin.«

»Wie es bloß immerzu regnet«, sagte Alfredo ruhig. Er drehte sich zu Rasmus um.

»Was wolltest du erfahren? Wann du Toker wiederkriegst? Heute Abend, du eigensinniges Kind, heute Abend!«

»Darf ich ihn hier abholen?«, fragte Rasmus.

Jetzt mischte sich Ernst ins Gespräch. »Nein, das darfst du nicht.« Er richtete sich auf seinem Feldbett auf. »Hört mal zu, Bengels. Habt ihr ein Campingzelt? Gehört ihr nicht zu diesen Sportnarren, die manchmal draußen übernachten?«

»Ja«, sagte Rasmus erstaunt. »Ich habe ein Zelt.«

»Großartig«, sagte Ernst. »Dann lauft mal eben nach Hause und sagt eurer Mutter und eurem Vater, ihr wolltet im Zelt übernachten.«

»Warum denn?«, fragte Rasmus.

»Na ja, falls es ’n bisschen spät wird, bevor ihr den Köter kriegt. Dann machen eure Eltern Krach und ich will keinen Krach. Kapiert? Ihr könnt doch wohl den Köter bis zum Morgen bei euch im Zelt behalten? Wäre das nicht prima?«

Rasmus dachte, wo immer auf der ganzen Erde er auch Toker hätte, so wäre es prima, wenn er ihn bloß wirklich bei sich hätte.

»Allerdings weiß ich jemand, der misstrauisch wird, wenn ich sage, ich will im Zelt schlafen, wo es wie aus Eimern gießt«, sagte Rasmus, »und das ist meine Mama.«

»Oooch, so ein tüchtigen kleinen Jungchen kann wohl seine Mama irgendwas weismachen«, meinte Alfredo. »Du brauchst ja nichts von Zelt zu sagen, falls sie misstrauisch grade gegen so was ist. Du kannst ihr ganz ruhig einreden, dass du in ein Baumwipfel in Wald sitzen willst und die Sonne aufgehen sehen. Die Flügeln der Fantasie sind dafür, dass man sie gebraucht.«

»Du sollst dich immer an die Wahrheit halten, Alfredochen, hat deine kleine Mammi doch gesagt«, wandte Rasmus ein. Er konnte wahrhaftig auch witzig sein, wenn es nötig war.

Alfredo grinste zufrieden.

»Lümmeljunge ... ich höre, ich schmeiße meinen Perlen nicht vergebens.«

Aber Ernst war ungeduldig. Er schob sie zur Tür.

»Haut ab jetzt und kommt heute Abend um acht Uhr wieder.«

Die ganze Familie war in der Küche versammelt, als Rasmus nach Hause kam. Mama war beim Backen und Papa saß in der Ecke auf seinem angestammten Platz und erzählte lang und breit. Es war der Silberdiebstahl, der ihn beunruhigte. Es sei der schlimmste Kriminalfall in der Geschichte von Västanvik, behauptete er, und die Polizei arbeite mit Hochdruck. Er selber musste gleich wieder zum Dienst, die ganze Nacht hatte er Dienst, aber jetzt war er ein Weilchen frei und er war nur zu bereit Mama in alle Einzelheiten einzuweihen.

»Müssen wir den schlimmsten Kriminalfall in der Geschichte von Västanvik ausgerechnet hier in der Küche aufklären und ausgerechnet, wenn ich beim Backen bin?«, fragte Mama.

Ihre Stimmung war anscheinend nicht die beste. Es war also nicht günstig, sie jetzt zu fragen, ob man im Zelt schlafen dürfe.

»Willst du denn nicht hören, was ich von der Sache halte?«, fragte Papa erstaunt.

»Doch, bitte, bitte«, sagte Mama. »Aber ich muss Spielraum haben für meine Bleche.«

Prick lachte. Es war wohl das erste Mal seit Mittwochabend.

»Duckt euch, Jungs, damit Mama Spielraum hat für ihre Bleche«, sagte sie. »Ich glaub allerdings, sie braucht einen ganzen Fußballplatz. Bist du heute böse, Mama?«

Mama sah sie verdrießlich an.

»Nein, das bin ich nicht. Aber ich weiß nicht, warum ihr unbedingt allesamt in der Küche sein müsst, wenn ich backe.«

»Weil es so gemütlich ist«, sagte Prick, »und weil es so gut riecht.«

Papa nickte zustimmend.

»Und weil du so ein kleiner Rosinenwecken bist, Schatz.«

»Ein böser kleiner Rosinenwecken«, sagte Rasmus.

»Danke«, sagte Mama, aber sie sah nicht so recht besänftigt aus und stand da und knetete schweigend und heftig den Teig, als wolle sie ihm etwas antun.

»Übrigens, Prick«, sagte sie, »warst du die Letzte im Badezimmer?«

Prick überlegte.

»Das ist möglich . . . wieso?«

»Dann wisch doch bitte hinter dir auf«, sagte Mama und schob ein Blech in den Ofen. »Oder hast du gedacht, ich sollte es tun?«

»Entschuldige«, sagte Prick. »Ich geh sofort . . .«

Rasmus machte sich eine kleine Schlange aus Teig, die er vor der Nase seiner Mutter baumeln ließ.

»Hast du nicht noch mehr, worüber du schimpfen kannst, Mama, wo du gerade so schön dabei bist?«

»O ja, allerdings«, sagte seine Mutter. »Sieh dir mal die Speisekammertür an. Die ist voll von schwarzen Fingerabdrücken.«

»Von wem sind die wohl?«, fragte Prick.

»Danach solltest du lieber Papa fragen«, sagte Mama. »Hat man einen Polizisten im Haus, kann er doch wohl wenigstens ein paar Fingerabdrücke identifizieren. Es ist zwar nicht der schlimmste Kriminalfall in der Geschichte von Västanvik, aber es wäre schön, wenn man es trotzdem erführe.«

Papa lachte.

»Geht dein Verdacht in eine bestimmte Richtung?«

Mama drehte nur ein bisschen den Kopf und sah Rasmus lange an.

»Kommt nicht in Frage«, verteidigte er sich. »Ich bin unschuldig, ich mach die Tür immer mit einem Fußtritt auf.«

»Aha«, sagte Mama grimmig, »das ist also der Grund, weshalb die Farbe den Weg alles Irdischen gegangen ist.« Papa legte sich ins Mittel, er wollte keinen Streit haben.

»Ich kann ein bisschen neue Farbe überstreichen«, sagte er.

Aber Mama machte ein zweifelndes Gesicht.

»Wann denn?«

»Rechtzeitig vor der silbernen Hochzeit«, versicherte Papa.

»Oh, das glaube ich nie im Leben«, sagte Mama. »Das ist ja nur noch sieben Jahre hin und du wolltest ja auch das Bord im Badezimmer machen, wenn ich mich recht entsinne. Das war in dem Jahr, als Rasmus geboren wurde, glaube ich. Und dann all die Kriminalfälle, die du außerdem bearbeiten musst . . .«

Papa war ganz bestürzt. »Was ist bloß mit dir los, Schatz?«

Da schaute Mama ihn mit Tränen in den Augen an.

»Entschuldigt«, sagte sie, »aber ich mach mir solche Sorgen um Toker, dass es mich fast zerreißt. Mir ist von Renckens Silber ganz schnurz! Ich will, dass die Polizei Toker wiederbringt. Das ist mein einziger Wunsch.«

Papa raufte sich kummervoll die Haare.

»Ja, ja, lieber Schatz, ja, ja . . .«

»Von mir aus kann das Silber noch so wertvoll sein!«, fuhr Mama heftig fort. »Aber Toker ist ein Lebewesen. Mir ist nur das wichtig, was lebendig ist«, sagte sie mit einem kleinen Schluchzen.

Papa wurde noch unglücklicher.

»Ja, ja, lieber Schatz, wir tun, was wir können, aber . . .«

Da klingelte das Telefon und Rasmus nahm den Hörer ab. Es war Tante Ruth, die Mama sprechen wollte.

»Pass auf die Wecken auf, Prick«, sagte Mama und wischte sich die mehligen Hände ab.

Dann ging sie in die Diele hinaus und sie wussten, für die nächsten zehn Minuten würden sie sie nicht wieder zu Gesicht bekommen.

»Hört mal her, Kinder«, sagte Papa mit gedämpfter Stimme. »Jetzt müssen wir einander wegen Mama gegenseitig helfen. Ich ertrag es nicht, wenn sie so traurig ist, versteht ihr?«

Das verstanden sie.

»Ich mag es nicht, wenn alles so düster ist«, sagte er und schüttelte sich. »Und wenn Mama nun auch noch anfängt . . . Es reicht schon, wenn ihr beiden den Kopf hängen lasst.«

Er gab Prick einen freundlichen kleinen Klaps.

»O ja, ich habe es wohl gemerkt, das kannst du mir glauben. Ich hab gesehen, dass du auch traurig bist!«

Prick schlug die Augen nieder.

»Glaub nicht, dass du vor deinem Vater etwas verbergen kannst«, fuhr Papa fort. »Aber sei nicht traurig, Prick. *Er kommt zurück,* das kann ich dir versichern.«

Pricks Wangen wurden rosa.

»Meinst du wirklich, Papa?«, sagte sie weich.

»Aber klar«, sagte ihr Vater. »Er kommt zurück und springt und bellt, genauso wie immer.«

Prick fuhr zusammen.

»Meinst du . . . Toker?«

»Ja, einen andern Hund haben wir doch nicht, zum Donnerwetter«, sagte ihr Vater. »Aber jetzt müssen wir erst mal an Mama denken.«

Er horchte zur Diele hinaus. Mama redete immer noch, gerade sagte sie: »Ich bin so verzweifelt. Wenn ich nur wüsste, was aus ihm geworden ist . . . Und am schlimmsten ist es, wenn man mit ansehen muss, wie unglücklich die Kinder sind.«

»Da hört ihr's«, sagte Papa. »Ihr dürft nicht mehr unglücklich sein, ihr müsst mopsfidel sein. ›Toker, *der* kommt zurück‹, sagt ihr. ›Sorg dich nicht um Toker, Mama.‹ Helft mir sie aufzumöbeln, versteht ihr?«

Rasmus und Prick nickten. Sie wollten alles tun um ihre Mutter wieder fröhlich zu sehen. Oh, dachte Rasmus, weshalb darf ich ihr nicht erzählen, dass Toker heute Abend zurückkommt? Das wäre die richtige Art und Weise, sie wieder fröhlich zu machen. Aber da das nun nicht ging, musste man es wohl so gut machen, wie man konnte.

Mama hatte eben den Hörer aufgelegt. Aber es dauerte eine Weile, bis sie wieder in die Küche kam. Als sie wiederkam, hatte sie einen Zettel in der Hand.

»Ruth meinte, wir sollten wegen Toker eine Anzeige aufgeben. Komisch, dass wir nicht selber darauf gekommen sind.«

Rasmus lachte ausgelassen.

»Eine Anzeige? Was hat denn das für einen Zweck? Toker kann doch nicht lesen«, sagte er. Man fing am besten gleich an sie aufzumöbeln.

Papa lachte ebenfalls.

»Haha, ›Toker kann doch nicht lesen.‹ Bist du aber witzig, Rasmus«, sagte er. Aber nach einem Blick auf Mama unterbrach er sich schnell.

»Hmm ... Natürlich geben wir eine Anzeige auf. Kann ich mal sehen, hast du schon eine aufgesetzt?«

Er streckte die Hand nach dem Zettel aus und las schweigend, was da stand. Dann lachte er schallend.

»Nein, aber Schatz! So kann man das doch nicht schreiben!«

»Was hat sie geschrieben?«, fragte Prick neugierig.

»Hört bloß«, sagte Papa. »›Toker, kleiner Rauhaardackel, entlaufen. Um Anruf wird gebeten, Västanvik 182.‹«

»Was ist denn daran verkehrt?«, fragte Mama scharf.

Papa lachte, dass er kaum reden konnte. »›Wird gebeten!‹ Meinst du, Toker soll selber anrufen?«

»Sei nicht albern«, sagte Mama. »Ich meine natürlich, der Finder soll anrufen.«

»Wäre es nicht zweckmäßig, das noch zu sagen?«, fragte Papa.

»Dann geht es nicht in zwei Zeilen und Annoncen kosten Geld. Das will ich dir mal sagen, falls du es noch nicht weißt.«

Papa lachte noch immer. »Mutter, liebe Mutter, wer ist so wohl wie du«, sagte er. »Aber meinetwegen . . . ›Um Anruf wird gebeten‹, haha!«

»Ja, lach du nur«, sagte Mama und formte mit aller Kraft ihre Wecken. Aber mit einem Mal stand sie still und sah nur kummervoll vor sich hin.

»Versteht ihr, dass es so trostlos sein kann, nur weil ein einziger kleiner Hund weg ist?«, sagte sie mit einem Seufzer.

»Ach was, du hast doch uns«, sagte Prick munter. »Wir können beides, bellen und mit dem Schwanz wedeln, wenn du willst.«

Mama warf ihr einen strafenden Blick zu, aber Prick ließ sich nicht beirren.

»Übrigens weiß ich gar nicht, ob gerade Dackel die besten Hunde sind. Man bemerkt sie eigentlich gar nicht. Wir könnten uns stattdessen einen Bluthund anschaffen. Wäre das nicht gemütlich?«

Jetzt räusperte Papa sich unruhig. Er fand bestimmt, dass dies nicht die richtige Art sei, Mama aufzumöbeln.

»Ist ja schön, dass du so guter Laune bist, Prick«, sagte Mama, aber es hörte sich nicht so an, als meine sie es.

»Ach, Mama, schließlich ist es ja kein so riesiges Unglück, wenn ein kleiner Köter wegläuft«, sagte Rasmus und flehte insgeheim: Verzeih mir, Toker ... du verstehst wohl, es ist nur, weil wir Mama aufmöbeln wollen.

Mama starrte ihn an.

»Und das sagst *du*? Von deinem eigenen Hund?«

Sie schob das letzte Blech mit Wecken in den Herd.

»Ich glaube allmählich, ich bin die Einzige in dieser Familie, die sich etwas aus Toker macht. Armer kleiner Toker ... Aber er ist vielleicht tot und braucht keine Liebe mehr.«

Rasmus wurde es eiskalt, als sie das sagte, aber er ließ sich nichts anmerken.

»Na ja, wir müssen alle diesen Weg wandern, sagt Großmama immer«, meinte er leichthin.

Aber das hätte er nicht sagen sollen. Mama

schlug die Ofentür mit einem gehörigen Knall zu, dann stellte sie sich mitten in die Küche und sah alle der Reihe nach an.

»Was ist eigentlich mit euch los? Habt ihr kein Herz im Leibe? Bin ich wirklich die Einzige, die Toker lieb hat?«

Ihre Familie sah kummervoll aus. Dass es aber auch so schwierig war, sie aufzumöbeln! Oder kam es nur daher, weil ihnen noch nicht die richtige Art und Weise eingefallen war?

»Armer kleiner Toker«, sagte Mama mit bebender Stimme. »Ich kann ihn richtig vor mir sehen, wie er durch den Regen patscht, ganz allein ... Dann guckt er alle, denen er begegnet, mit diesen lieben, lieben Augen an, aber keiner versteht, dass er um Hilfe bittet, weil er nicht nach Hause findet.«

»Tsss«, sagte Rasmus, unangenehm berührt, und Pricks Augen wurden ganz groß.

»Patrik, weißt du noch, wie süß er damals war, als du krank warst?«, fuhr Mama fort. »Weißt du noch, wie er auf dem Fußboden neben deinem Bett saß mit schief gelegtem Kopf und dich nur immer ansah? Oh, der war klug, dieser Hund!«

»Hmm«, sagte Papa, »o ja, natürlich weiß ich das noch ... hmm!«

Rasmus seufzte und es war ein Seufzer so tief wie ein Schluchzen.

»Nein, es hat bestimmt keinen Zweck mit der Anzeige«, sagte Mama leise. »In meinem tiefsten

Innern glaube ich, er ist tot. Ich sehe ihn vor mir, ich sehe, wie er irgendwo ganz allein liegt, ein kleiner, kleiner einsamer Hund . . . ganz still und mit geschlossenen Augen . . . und nie, nie mehr wird er bellen.«

»Nein, aber Mama!«, schrie Rasmus und weinte laut auf und Prick schluckte angestrengt. »Du kannst es einem aber auch ausmalen, dass man . . .«

»Hmm«, sagte Papa, »hmm . . . doch, wir wollen trotzdem eine Anzeige aufgeben.«

Er räusperte sich und ging hinaus zum Telefon und sie saßen schweigend da und hörten, wie er die Anzeige diktierte.

»Ist dort die ›Västanviker Zeitung‹?«, sagte er. »Ja, ich möchte bitte eine Anzeige aufgeben . . . Hier spricht Patrik Persson, Polizist . . . Ja. Sie sollte folgendermaßen lauten: ›Toker, kleiner Rauhaardackel . . .‹«, fing er an, aber seine Stimme kippte und er schwieg. Dann setzte er von neuem an.

»Kleiner Rauhaardackel entlaufen.« Er brüllte es beinahe, aber es klang so komisch heiser, und was dann kam, konnten sie fast nicht hören.

»Um Anruf wird gebeten . . . Västanvik . . . 182 . . .«

»Nein, Patrik, nicht weinen!«, rief Mama.

Aber sie weinte selber. Und das taten Prick und Rasmus auch.

Der Wetterbericht hatte für diesen besonderen Samstag im Monat Mai einen Regentag angekündigt, der gegen Abend aufklaren sollte, und ausnahmsweise hatte er richtig vorausgesagt. Um sieben Uhr abends schien die Sonne und am Himmel war nicht eine Wolke. Selbst bei der Familie Persson hatten sich die Wolken verzogen. Jedenfalls hatten die Niederschläge aufgehört, keiner weinte mehr. Sie hatten gut zu Abend gegessen, Papa war zur Polizeiwache zurückgekehrt um sich weiter des Falles Rencken anzunehmen, Mama und Prick saßen im Wohnzimmer, Rasmus stand in der Küche und machte für seinen nächtlichen Ausflug Butterbrote und kochte Kakao.

»Pontus und ich wollen ein bisschen zelten«, hatte er ganz nebenher zu seiner Mama gesagt, damit ihr klar war, dass es beschlossene Sache und kein weiteres Wort darüber zu verlieren war. Und Mama hatte keine Einwände erhoben.

»Aber du hast hoffentlich nicht das Frühlingsfest morgen vergessen?«, sagte sie. »Du kommst doch nach Hause und gehst mit uns hin . . . wenn wir nun gehen, jetzt wo Toker fort ist«, fügte sie mit einem kleinen Seufzer hinzu.

»Klar gehen wir zum Fest«, sagte Rasmus. »Ich bin lange vorher wieder da . . . und Toker auch, darauf geh ich jede Wette ein.«

Über Pricks Gesicht huschte ein Schatten, als sie vom Fest redeten, und sie wandte traurig den Kopf ab. Sie tat Rasmus so Leid. Auf diesem himmlischen Fest, von dem sie so lange gesprochen hatte, auf das sie sich so sehr gefreut hatte, sollten ja die Pling Plong Players vor ganz Västanvik ihre Kunst hören lassen – und nun würde die arme Prick dort auf einer Musikempore sitzen und dicht daneben Joachim. Die Ärmste!

Rasmus brummte in sich hinein wegen des dummen Joachim, während er in der Küche stand und seinen Rucksack packte und mit halbem Ohr zuhörte, was drinnen im Wohnzimmer gesprochen wurde.

»Was machst du heute Abend, Prick?«, hörte er Mama fragen.

»Nichts weiter . . . ich bleib zu Hause«, sagte Prick. Und es war ein Samstagabend und Frühling und was noch alles. Welch ein Jammer! So viel hatte er begriffen, der Frühling war was Besonderes für solche Leute, in die die Liebe gefahren war. Und so lange er zurückdenken konnte, war Prick noch nie an einem Samstagabend zu Hause gewesen, außer dem einen Mal, als sie Mumps hatte und im Gesicht wie ein Schweinchen aussah.

Er steckte die Nase ins Wohnzimmer und sagte Auf Wiedersehen.

»Wiedersehen! Wir sehen uns dann morgen.«

Zelt und Rucksack und Schlafsack waren auf dem Rad festgeschnallt und so strampelte er los, zum Schreinerhang hinauf, um Pontus abzuholen, und pünktlich um acht Uhr standen sie vor Alfredos Wagen.

Der Jahrmarkt war nach dem Regen wieder aufgelebt. Jetzt war Samstagabend und die Karussellmusik schmetterte über den Läusemarkt. Sie war weithin zu hören, sie war aufreizend und lockte: Kommt her, alle, die ihr einen vergnügten Samstag haben wollt, alle, die ihr Karussell fahren und ein letztes Mal euer Glück versuchen wollt! Kommt her, bald ist es zu spät!

Ja, bald ist es zu spät. Denn heute Nacht, wenn das Karussell sich zum letzten Mal gedreht hat, ziehen die Schaubudenleute in den nächsten Ort. All die wunderschönen Stände werden abgebaut, die Wohnwagen kommen mühsam aus dem Matsch heraus und rollen davon und unter den Fliedersträuchern liegen dann nur noch hier und da leere Bierflaschen, Papier und ein paar abgerissene Fliederdolden.

Die Schausteller ziehen ab. Morgen ist das große Frühlingsfest der Schule hier in Västanvik und mit dem kann man nicht konkurrieren. Aber es gibt zum Glück andere Orte, wo die Leute Karussell fahren und ihr Glück versuchen möchten. Aber dort werden sie nicht den weltberühmten Schwertschlucker Alfredo zu sehen bekommen.

Er hat seinen Vertrag gebrochen – aus gesundheitlichen Gründen, wird behauptet. Er leidet an schwerer Blutarmut, sagt er. »Diese verdammte Schwertern sind nicht so eisenhaltig, wie man wünschen könnte«, hat er dem wütenden Jahrmarktsunternehmer versichert, der sich als Ersatz in aller Eile eine Schlangenbeschwörerin kommen lassen musste.

Seine letzte Vorstellung hier in Västanvik gibt Alfredo heute Abend. Es ist nicht mehr als recht und billig, dass gerade die Västanviker seine Dankes- und Abschiedsvorstellung erleben dürfen. Diese kleine Stadt mag der weltberühmte Schwertschlucker so gern, hier sind die Geschäfte besser gegangen als in den meisten Hauptstädten Europas, behauptet er.

»Große Dankes- und Abschiedsvorstellung um neun Uhr. Lösen Sie schon jetzt Eintrittskarten ...« Alfredos rot gekleidete Gehilfin steht vor dem Zelt und ruft: »Nicht drängeln, nicht drängeln, für alle gibt es Platz!«

Aber der Schwertschlucker selber ist nicht zu sehen.

Und in seinem Wohnwagen ist er auch nicht, als Rasmus und Pontus dort ankommen. Dort ist nur Ernst.

»Aha, da seid ihr«, sagte Ernst. Mehr sagte er eine ganze Weile nicht und Rasmus und Pontus standen ganz still an der Tür und warteten. Rasmus spürte, wie es in ihm kribbelte. Wenn er nicht bald erfuhr, wo Toker war, würde er platzen.

Ernst war auch nahe am Platzen, so sah es aus. Man wusste nur nicht, ob er böse oder fröhlich war. Er wirkte nur irgendwie geladen. Unfreundlich war er selbstverständlich, aber unter der Oberfläche strudelte auch irgendeine geheime Freude und die funkelte aus seinen frechen, lüsternen Augen. Er freute sich wahrscheinlich über den Silbersack und auf diesen Silberhai, der heute Abend kommen und den ganzen Krempel kaufen sollte. Au Junge, wie der sich wohl freute, der Silberhai, wenn er erst sah, was es für 'ne Art von Silber in dem Sack war, dachte Rasmus. Aber laut sagte er:

»Na, kann man endlich erfahren, wo ihr Toker gelassen habt?«

Ernst saß auf der Pritsche und bohrte in der Nase. Er hatte es nicht eilig.

»Ich möchte, dass ihr euch noch das eine oder andere klarmacht«, sagte er.

»Was denn?«, fragte Rasmus.

Ernst sah ihn scharf an.

»Habt ihr euren Eltern Bescheid gesagt, dass ihr heute Nacht nicht nach Hause kommt?«, fragte er.

»Ja, ich hab mein Zelt mit«, sagte Rasmus brummig.

Ernsts Miene hellte sich ein wenig auf.

»Soso, na ja, das war ja nur, damit sich eure armen Eltern keine Sorgen machen. Aber eigentlich war es unnötig, ihr könnt den Köter jetzt schon kriegen. Hinterher könnt ihr gehen und pennen, wo ihr wollt . . . meinetwegen ins Wasser gehen, wenn ihr Lust habt!«

Er schwieg einige Augenblicke, dann wandte er sich an Rasmus.

»Ja, du kriegst deinen Hund wieder, obwohl du eher eine Tracht Prügel verdient hättest . . . und du auch«, sagte er und guckte Pontus an. »Aber eins merkt euch! Wenn ihr später auch nur ein Sterbenswörtchen verratet – so nach einiger Zeit – und wir Ärger kriegen, dann werde ich es schon so einrichten, dass ich früher oder später herkomme und die Hundetöle umbringe. Kapiert?«

»Kapiert«, sagte Rasmus wütend. »Umbringen und umbringen, du redest immer denselben Stuss, finde ich!«

»Werd bloß nicht frech«, sagte Ernst. »Noch hast du den Köter nicht.«

Da schwieg Rasmus. Ernst starrte sie an.

»Kennt ihr einen Hof, der ›Wiesenkate‹ heißt?«, fragte er schließlich. »Berta meint, ihr kennt ihn sicher.«

»Ist das dieser verlassene Hof in Richtung Berka?«, fragte Pontus eifrig.

Ernst nickte.

»Das ist er wohl. Ein paar Kilometer nördlich der Stadt, dann wisst ihr, welchen ich meine.«

Rasmus' Augen wurden feucht.

»Ist Toker da? Ist er die ganze Zeit da draußen gewesen – allein?«

Ernst nickte wieder.

»Ja ... Weshalb musstet ihr auch eure Nase in was reinstecken, was euch nichts angeht? Aber der Köter leidet keine Not. Macht, dass ihr hinkommt, und holt ihn. Oben in der Bodenkammer, da findet ihr ihn.«

Rasmus ballte die Fäuste und hielt sie Ernst unter die Nase.

»Ja, wir holen ihn. Und wenn ihm auch nur das kleinste bisschen fehlt, dann komm ich hierher zurück und beiß dir die Nase ab, du Gauner!«

Ernst grinste.

»Haut ab«, sagte er.

Und das taten sie.

Seit sie im Juniorenrennen »Rund um Västanvik« mitgemacht hatten, waren sie nicht mehr so schnell gefahren. Die Straße nach Berka war schmal und kurvig und sie bogen um die Kurven, dass der Sand um die Hinterräder aufwirbelte. Nicht einer Menschenseele begegneten sie. Auf diesem Weg fuhr allerhöchstens mal ein Bauernwagen und an einem Samstagabend um diese Stunde nicht einmal das.

»Du, hör mal«, keuchte Pontus. »Frau Andersson, die hat in der Wiesenkate gewohnt, als sie klein war, das hat sie mir erzählt. Dann hat Berta wohl auch dort gewohnt.«

»O ja, Berta, die weiß feine Verstecke«, sagte

Rasmus finster. Er beugte sich über die Lenkstange und trat noch stärker in die Pedale. Bald waren sie da, bald war er bei Toker!

Das letzte Stück mussten sie zu Fuß gehen. Ein kleiner, ganz zugewachsener Pfad ringelte sich durch den Wald bis zu dem alten, verlassenen Anwesen hinauf, aber er war so steinig und voller Wurzeln, dass es keinen Sinn hatte, hier zu fahren. Sie versteckten die Räder hastig hinter ein paar Wacholderbüschen und rannten weiter. Bald lichtete sich der Wald und dort lag die Wiesenkate vor ihnen in der Frühlingsdämmerung, grau und verlassen und still zwischen bemoosten alten Apfelbäumen, die in der Einsamkeit dastanden und blühten, obwohl kein Mensch danach fragte, ob sie Früchte trugen. Seit vielen Jahren hatte hier niemand gewohnt. Es war lange her, seit eine Kuh in dem kleinen grauen Stall gebrüllt hatte, und seit langem waren keine Kinder mehr über die bemooste Mauer geklettert um die Mandelblüten zu pflücken, die dahinter wuchsen. Aber einstmals war ja Berta hier herumgetippelt. Wer weiß, sie war vielleicht ein braves Kind gewesen, das mit Frau Andersson zusammen hinter dem Erdkeller Puppenwohnungen gebaut hatte – ehe sie erwachsen und Alfredos dumme, dicke, bösartige Berta geworden war.

Die Bodenkammer, hatte Ernst gesagt! Sie stürmten durch die Öffnung in der Steinmauer, dort, wo vor langen Zeiten eine Pforte gewesen war. In wenigen Sätzen waren sie an der morschen Vortreppe. Sie rissen die alte, klobige Tür auf, die sich mühsam und knarrend öffnete. Jetzt standen sie in einem finsteren Hausflur. Genau vor ihnen führte eine schmale, steile Treppe zum Boden hinauf. Irgendwo dort oben war Toker! Rasmus war blass vor Aufregung.

»Er bellt gar nicht«, sagte er ängstlich. Lieber, lieber Toker, so bell doch mal, damit ich höre, dass du am Leben bist, flehte er insgeheim und rannte mit zitternden Beinen die Treppe hinauf.

Es war schummerig dort oben auf dem Boden, aber durch ein kleines Fenster drang ein spärlicher Lichtschein, der ihm zeigte, wohin er sich wenden musste. Ach Toker, warum bellst du nicht? Er riss die Tür zur Bodenkammer auf.

Im nächsten Augenblick stieß er einen Jammerschrei aus und Pontus geriet ganz außer sich, als er hörte, wie schrecklich das klang.

»Pontus, er ist nicht da!«

»Er ist nicht da?«

»Nein, aber Alfredo ist da und das ist doch fast noch lustiger«, hörten sie eine wohl bekannte Stimme sagen und aus dem dunkelsten Winkel des Bodens löste sich eine wohl bekannte Gestalt. Und sie hatten doch gehofft sie nie mehr wieder zu sehen.

Rasmus wurde rasend. Wie eine Wildkatze warf er sich auf Alfredo.

»Wo ist Toker?«, schrie er. »Ich muss ihn haben, du Verbrecher, sonst geh ich zur Polizei!«

»Ruhig«, sagte Alfredo, »Ruhe, nur immer Ruhe! Wie soll es dich sonst im Leben gehen, du eigensinniges Kind, der nie ruhig sein kann?«

Aber auch Pontus war böse. Er schob Rasmus beiseite und stellte sich vor Alfredo.

»Er muss seinen Hund haben«, sagte er und sah dem Schwertschlucker fest in die Augen. »Sonst gibt's hier ein Unglück.«

»Gewiss«, sagte Alfredo. »Er soll sein Hund haben, über dieser Sache sind wir ganz einig. Nur über dem Zeitpunkt reden wir ein bisschen.«

Er schob sie vor sich her in die Kammer hinein.

»Komm, jetzt werden wir unterhalten.« Sie waren viel zu empört um Angst zu haben. Nicht einmal, als Alfredo sorgfältig die Tür abschloss und den Schlüssel in die Tasche steckte, wurde ihnen klar, dass es gefährlich sein könnte, mit einem Schuft wie Alfredo zusammen an einem so entlegenen Ort eingesperrt zu sein.

»Weshalb schließt du die Tür ab?«, schrie Rasmus. Alfredo legte den Kopf schief und sah sich in der Kammer um.

»Ist das hier nicht ein gemütliches kleines Plätzchen?«, fragte er.

»Nee, ist es nicht«, sagte Rasmus.

Ein ganz kahler Raum mit einer verblichenen schmutzigen Tapete und einem schmutzigen Fußboden – es war schwierig, ihn gemütlich zu finden.

Einen offenen Herd gab es auch, noch rußig von Feuern, die vor vielen Jahren hier gebrannt hatten und erloschen waren. Aber dort auf der Herdplatte stand etwas, das erst ganz kürzlich hierher gekommen sein musste, ein feiner, weißer Karton von Elin Gustavssons Konditorei, Große Straße 13, Västanvik.

»Solche verwöhnte kleine Lümmeljungs«, sagte Alfredo. »Welcher Schade, dass euch Kam-

mer nicht gefällt. Ihr solltet nämlich heute Nacht hier bleiben.«

»Ja, das denkst du wohl!«, schrie Rasmus.

Alfredo nickte.

»Das kann ich sehr gut denken. Allerdings, Ernst hatte es zuerst gedacht. Er hat vorzüglichen Ideen, dieser Ernst.«

»Ich hab das alles satt«, schrie Rasmus. »Ihr lügt und betrügt bloß, du und Ernst.«

Alfredo schmunzelte zufrieden.

»Ja, wir lügen und betrügen«, sagte er. »Aber darum musst du nicht so wütend auf uns sein. Für uns ist es nicht grade kleinen Fischen, verstehst du, und wir müssen sicher sein, dass ... hm ... dass nicht was dazustoßen.«

»Wer soll denn ... dazustoßen?«, fragte Pontus. »Was meinst du, Verbrecher?«

»Dass nicht irgendeinen Polizist dazustoßen, ehe wir weg sind. Das ist darum, dass ihr euer kleiner, hässlicher Hund erst morgen kriegt. Und dann sagt man nicht ›Verbrecher‹«, sagte er vorwurfsvoll zu Pontus.

Rasmus war so wütend, dass er zitterte.

»Aber ihr habt es versprochen!«, schrie er. »Und wir haben ja versprochen, wir wollten nichts verraten. Hört ihr denn nicht zu, was man sagt?«

»Doch, doch«, sagte Alfredo und fuchtelte beschwichtigend mit seinen großen Pranken. »Versprechen ist sicher gut, aber ein ordentlichen Schloss hält besser, das sagte meine kleine Mammi immer.«

Rasmus war außer sich.

»Ja, wenn das so ist, nehme ich jedes Wörtchen zurück, was ich gegeben habe! Hast du gehört, Verbrecher? Jedes Wort nehme ich zurück.«

Alfredo lachte nur.

»Ja, sitzen du ruhig hier den ganzen Nacht und zurücknehmen, wenn du willst, denn ich schließe euch ein, versteht ihr?«

Rasmus weinte fast vor Zorn. Es war ein unerträgliches Gefühl, so machtlos zu sein.

»Aber morgen ganz früh kommt Berta und schließt auf«, fuhr Alfredo schmunzelnd fort. »Oh, sie wird so gerührt werden, wenn sie ihren alten Elternhaus wieder sieht, das Bertachen.«

Er schwieg einen Augenblick, dann gluckste er entzückt und senkte die Stimme geheimnisvoll.

»Und um der Zeit sind wir weit von hier, Ernst und ich. Berta aber, die denkt, wir sitzen in ein Gebüsch und warten auf ihr, dummes Bertachen. Und anstatt sind wir futsch und weg. Nun will ich nämlich nicht mehr weiter geläutert werden und nicht mehr Schwertern schlucken, nun will ich für mich sitzen und Bier trinken. Weit weg in eine Stadt, wo ihr nicht mal in euren ganzen Leben den Namen von gehört habt, kleine Lümmeljungs, weit weg in einen anderen Land, da sitzt der alte Alfredo und trinkt seinen Bier und ist vergnügt und frei.«

Lächelnd rieb er sich die Hände.

»Ja, aber Toker?«, schrie Rasmus.

»Er ist auch frei«, sagte Alfredo, »und kann Bier trinken, wenn er will. Komm hier, kleiner Rasmus, dann werde ich dich zeigen, wo dein Hund ist.«

Er zog Rasmus ans Fenster.

»Siehst du da, kleinen Lümmeljung, der Keller da? Und wer, glaubst du, sitzt da drinne mitten in Hackfleisch? Genau, das ist Toker.«

Er öffnete das Fenster einen Spalt.

»Hör bloß, wie er bellt, die kleinen Bestie.«

Und Rasmus hörte Toker bellen. Es klang leise und gedämpft, aber es war Tokers Bellen, das konnte kein Irrtum sein und er war nahe daran, aus dem Fenster zu springen. Fast zwei Tage und Nächte war der arme Toker in diesem alten Kellerloch eingesperrt gewesen und jetzt wollte Alfredo, er sollte noch eine weitere Nacht da sitzen, obwohl Rasmus ihm so nahe war. Oh, es war unerträglich!

Er warf seinem Feind einen wütenden Blick zu und Alfredo erkannte den Zorn in seinen Augen.

»Nicht so böse sein auf alten Alfredo«, sagte er einlenkend. »Alfredo, der ist ein solcher Kinderfreund, dass es schon ganz verrückt ist. Seht nur mal hier, was hab ich für euch mitgebracht, damit ihr nicht sollt verhungern, kleine Lümmeljungs?«

Er stiefelte zu dem offenen Herd hinüber und begann den Bindfaden von dem Karton zu lösen.

»Hab ich nicht etwa mit meine eigene Hände Sahnetorte für euch hierher getragen vielleicht...? Ja, ich hab wohl versucht stattdessen Butterbrote zu kriegen, aber diesmal hatten ihr Schwein. In ganzen Västanvik gab es keinen belegten Brote mehr.«

Er hielt ihnen den Karton hin um zu zeigen, was er enthielt.

»Seht doch mal hier! Elin Gustavsson allerbesten Sahnetorte, so was mögen alle kleinen Lümmeljungs gern.«

Es war wirklich eine sehr feine Torte, zweifellos eine von Elin Gustavssons besten, mit dickem Belag von weißester Schlagsahne und Ranken von rotem Gelee garniert.

Aber Rasmus starrte die Torte nur wütend an. Er war hergekommen um Toker zu holen, und dann dachte dieser Ochse da, Rasmus lasse sich durch Sahnetorte bestechen!

Alfredo kam näher. Er hielt Rasmus den Karton vor die Nase, er legte den Kopf schief und lächelte einschmeichelnd.

»Magst du Sahnetorte, kleiner Rasmus?«

»Magst du?«, fragte Rasmus. Und ohne zu überlegen ergriff er mit beiden Händen den Karton und schmiss Alfredo die Torte mitten ins Gesicht.

»Brrr«, rief Alfredo.

Pontus heulte vor Lachen auf. Aber Alfredo übertönte ihn. Er brüllte wie ein verwundeter Löwe und versuchte fluchend die Sahne loszuwerden. Seine Hände waren ganz voll und er fuchtelte blind herum, so dass die Sahneklümpchen nur so durch die Luft wirbelten. Und die ganze Zeit lehnte Pontus voller Angst an der Wand und prustete vor Lachen.

Rasmus lachte nicht und hatte auch keine Angst. Er war nur wütend.

»Ich will keine Sahnetorte, ich will Toker wiederhaben!«, schrie er.

Alfredo blinzelte ihn mit sahneumränderten Augen an.

»Die Jugendfürsorge würde vor Freude auf der Stelle hüpfen, wenn die wüssten, wie du dich aufführen tust«, sagte er.

Er kriegte ein Schnupftuch zu fassen und wischte sich die Sahnereste ab. Nur ganz oben an den Haarwurzeln blieb ein weißer Rand zurück und in dem einen Ohr leuchtete ein Kleckschen rotes Gelee.

»Und dabei soll ich jetzt gleich ein großes Dankes- und Abschiedsvorstellung geben, verdammte Lümmeljungs«, sagte er und starrte Rasmus ärgerlich an. Aber der schlimmste Zorn war schon vergangen. Vielleicht sah er im tiefsten Innern ein, dass im Krieg alle Mittel erlaubt sind, selbst Tortenschmeißen.

Pontus kicherte immer noch leise und erschöpft und Alfredo warf ihm einen beleidigten Blick zu.

»Ist ja immerhin schön, dass es solche gibt, die gute Laune haben«, sagte er. »Lümmeljungs, ihr seid zu wenig gezüchtigt worden, das ist ganze Fehler. Das könnt ihr eure arme Eltern von mir bestellen.«

Er schüttelte entrüstet den Kopf.

»Nein, ihr solltet solch ein Mama gehabt haben wie meine kleine Mammi, die konnte Kinder züchtigen. Kleinen, eisenharten Pranken hatte sie, die alle ihren achtzehn Kindern nur so um die Ohren klatschten.«

»Bei dir scheint es ja nicht besonders viel genützt zu haben«, sagte Pontus. »Aber hoffentlich hat sie dich trotzdem ordentlich verdroschen.«

Alfredo nickt bestätigend.

»Sie hat mich verdroschen, Himmel, Arm und Zwirn! Aber davon kriegte sie auch starke Finger.

Schwedischer Meister in Fingerhakeln, das wurde sie auf den Markt in Kivik 1912.«

Rasmus hörte ihm nicht zu. Er stand am Fenster und schätzte in aller Stille den Abstand bis zur Erde ab. Aber Alfredo bemerkte sein Vorhaben und warnte ihn.

»Versuch das nicht«, sagte er und drohte mit dem Zeigefinger. »Du brichst dir bloß den Genick ... genauso wie meine kleine Mammi.«

»Deine kleine Mammi kann mir gestohlen bleiben«, sagte Rasmus.

Alfredo sah beleidigt aus.

»Ach, du eigensinniges Kind ...«

»Soso, hat deine Mama sich's Genick gebrochen, als sie aus'm Fenster kletterte«, sagte Pontus eilfertig. Vielleicht hatte Rasmus wieder irgendeine seiner guten Ideen. Da war es das Beste, wenn er Alfredo irgendwie in Atem hielt.

Alfredo schüttelte den Kopf.

»Nein, gar nicht ... wenn sie auch ihr Lebtag viel durch Fenstern raus- und reingeklettert ist. Ah, sie war gelenkig wie ein kleinen Affen. Nein, das war, wie wir zu diesen Pferdemarkt nach Säffle unterwegs waren, da war es, wo sie den Genick brach. Ach, ich kann weinen, immer wenn ich dran denke.«

Er lehnte am Herdsims und starrte traurig vor sich hin.

»Weißt du, kleinen Pontuus ... da kommen wir einen dunklen Novemberabend auf der Säffler

Straße angefahren und da fängt Mama mit einmal an und singt ›Wildenten-Klage‹, Himmel, Arm und Zwirn. Das hätte sie lieber bleiben gelassen!«

Er seufzte schwer.

»Nein, das hätte sie bleiben gelassen! Denn was geschieht, meinst du wohl? Unsere Pferde gehn durch! Sie hatte eine so 'ne Singstimme, dass die Pferden immer durchgingen vor Erschrockenheit, meine kleine Mammi ... Und dann, Himmel, Arm und Zwirn – was ein Unglück! –, da kippt unser Wagen ein Steilhang runter und da liegt meine kleine Mammi und hat den Genick gebrochen ... genauso wie dir passiert, Rasmus, wenn du meinst, du kannst da durch dem Fenster rauskommen.«

»Das geht dich nichts an«, sagte Rasmus.

»Nein, brich du ruhig den Genick«, sagte Alfredo. »Kinder gibt's ja genug.«

Er wandte sich an Pontus, der verständnisvoller war.

»Ach, sie war ein großartigen Frau, meine kleine Mammi. Da lag ich auf meine Knie neben ihr in den Herbstabend, der Regen strömte über uns runter und der Wind pfeifte und meine kleine Mammi hat den Genick gebrochen. ›Tut es sehr weh, liebe Mama?‹, frage ich und weine. ›Nein, kleiner Alfredo‹, sagte sie, ›es tut nicht weh, nur, wenn ich lachen muss‹, sagt sie. Und das waren ihre letzten Worte.«

Er putzte sich feierlich mit dem Schnupftuch die Nase.

»Ja, das war ein Mutter, auf die man konnte stolz sein«, fuhr er fort. »Ein solchen Mama wie meine kleine Mammi, die wird nur alle hundert Jahre einmal geboren. Und nicht mal so oft.«

Dann zwinkerte er Pontus verschmitzt zu und holte einen Schlüssel aus der Hosentasche.

»Liebe kleine Lümmeljungs, nun muss ich gehen. Da kommt ein netter Onkel und holt mich mit'n Auto ab. Ich muss zum Jahrmarkt und meinen letzten Schwertern schlucken. Aber das wird nicht sehr lange dauern, und dann ...«

Er machte einen Luftsprung vor Freude. Dann wandte er sich an Rasmus.

»Hier hast du den Schlüssel zu'n Keller«, sagte er. »Morgen hast du dein klein Toker wieder und ich hab keinen Berta. Denk bloß, wie reich kann das Leben sein!«

Er versuchte Rasmus über das Haar zu streicheln, aber Rasmus wich schnell aus. Er wollte nicht gestreichelt werden.

»Kleine Lümmeljungs, wir sehen uns nie mehr wieder, ich hoffe«, sagte Alfredo. »Aber wenn ich weit da weg mein Bier trinke in diesen Stadt, von die ihr niemals gehört habt, da denke ich wohl manchenmal an Rasmuus und Pontuus, die nur mit ein Auge bei mir zugucken wollten.«

»Du Verbrecher«, sagte Rasmus, »ich wünschte, ich hätte dich nie gesehen.«

Alfredo gluckste vor Lachen.

»Das wünsche ich auch«, sagte er.

Dann drehte er sich um und ging und sie standen da und hörten, wie er den Schlüssel im Schloss umdrehte, hörten, wie er die Bodentreppe hinunterging, hörten, wie er befriedigt vor sich hin summte:

»Oh, mein' Mama, in Fingerhakeln Meisterin, oh, mein' Mama . . .«

Dann schlug die Haustür hinter ihm zu und nun hörten sie nichts mehr. Aber sie stürzten ans Fenster und sahen ihn draußen in der Dämmerung unter den Apfelbäumen weggehen. An dem alten Erdkeller blieb er einen Augenblick stehen. Er drehte sich um und winkte zu ihnen hinauf. Dann verschwand er durch die Öffnung in der Steinmauer und war weg.

Es war nichts weiter als ein großes Schweigen. Sie blieben am Fenster stehen und horchten auf Geräusche, auf ein noch so kleines Geräusch, das darauf schließen ließ, dass es Menschen auf der Welt gab. Aber es war völlig still, nicht einmal Toker bellte mehr. Ein schöner, stiller Abend war es. Die Sonne war gerade untergegangen und hatte nur einige rote Streifen am Himmel zurückgelassen, es duftete frisch und süß nach dem Regen und nun krochen die Abendnebel heran und nahmen den alten, verlassenen Hof in Besitz. Sie krochen weich über den Boden zwischen den grauen alten Gebäuden und legten sich wie

Wolle um die Mandelblüten drüben an der Steinmauer.

»Ja, dann also gute Nacht«, sagte Pontus. »Eigentlich war es schade um die Sahnetorte. So gegen drei Uhr hätte ein Happen ganz gut getan.«

Rasmus schüttelte den Kopf.

»Du glaubst doch nicht etwa, dass wir heute Nacht hier bleiben?«

»Was sollen wir denn sonst machen?«, fragte

Pontus. »Hier kommt bestimmt kein Mensch und hilft uns raus.«

Rasmus sah ihn mitleidig an, aber das merkte er nicht.

»Ach was, wir können ebenso gut hier schlafen wie im Zelt«, sagte Pontus. »Obwohl es schön wäre, man hätte den Schlafsack hier und nicht auf dem Gepäckträger.«

»Lass du den Schlafsack sein, wo er will«, sagte Rasmus. »Wenn Ernst und Alfredo zurückkommen, dann brauchst du eine Weile keinen Schlafsack.«

Pontus riss verwundert die Augen auf.

»Zurückkommen?«

Rasmus nickte grimmig.

»Ja, was denkst du sonst, was die machen? Lassen sich nieder und machen einen Alteisenhandel auf?«

Da fing Pontus an zu kichern.

»Ach, du guter Moses, daran hab ich gar nicht gedacht!«

»Aber das ist eigentlich der einzige Gedanke, der Spaß macht«, sagte Rasmus. Und nun brodelte auch in ihm das Lachen. »Ich kann sie geradezu vor mir sehen, wenn sie den Sack aufmachen. Ich hör Alfredo ... ›Plombieren ist immer gut, das sagte meine kleine Mammi immer‹ ...«

»Und dann knipst Ernst den Bleiklumpen ab«, sagte Pontus.

Rasmus nickte zufrieden.

»Und dieser Hampelmann, der es ihnen abkaufen soll, der steht daneben und glotzt, dass ihm die Augen beinahe aus dem Kopf fallen.«

»Genau«, sagte Pontus. »Und dann steckt Alfredo die Pfote hinein und grabbelt nach dem Humpen ...«

Rasmus bekam vor Lachen einen Schluckauf.

»Und kriegt stattdessen Mamas alten Mörser zu fassen. An dem kann er noch viel Freude haben!«

»Und dann lesen sie, was wir auf unser Schild geschrieben haben. Das ist ein Witz«, sagte Pontus frohgemut.

Aber Rasmus war ernst geworden.

»Ja, wenn es auch nicht gerade ein Witz ist, dass wir hier eingesperrt sind, wenn die wieder angedampft kommen. Ist dir klar, dass wir hier irgendwie *rausmüssen?*«

Das war Pontus klar.

Und nun bellte Toker wieder. Ein einziges kurzes, trauriges kleines Bellen war zu hören, so als wisse er genau, dass es eigentlich nichts nützte.

Rasmus lehnte sich aus dem Fenster.

»Ja, Toker, ich komme!«, schrie er, so laut er konnte.

Er überlegte.

»Ich komme, und wenn ich mir das Genick breche.«

Er überlegte noch eine Weile weiter. Dann sah er Pontus hoffnungsvoll an.

»Du, Pontus, wenn wir unsere Hosen zusammenknoten, dann geht es!«

»Tu das«, sagte Pontus. »Ich glaub, meine halten es nicht aus, dass wir allzu lange dran hängen, aber versuchen können wir's ja mal.«

Er war rasch aus den Hosen geschlüpft. Er konnte wahrlich eine alte Hose für Toker opfern, wenn es auch schrecklich sein würde, nur mit einer kurzen Unterhose bekleidet durch ganz Västanvik zu radeln.

»Ein Glück, dass wir beide so lange Beine haben«, sagte Rasmus mit einem wohlgefälligen Blick auf Pontus, dessen Beine, so lang wie die eines Füllens, aus den Unterhosen herausragten.

»Ja, wenn man aus den Hosen Rettungsleinen machen muss, dann . . .«, sagte Pontus. Dann sah er schweigend zu, wie Rasmus die beiden Hosen mit einem festen Knoten aneinander band und die sonderbare Rettungsleine am Fenster festmachte. Sie reichte genau halbwegs bis zur Erde.

»Das heißt also, dass wir ungefähr zwei Meter tief runterpurzeln, und davon sterben wir nicht«, sagte Rasmus.

Darin pflichtete Pontus ihm bei.

Rasmus schwang sich rittlings auf das Fenstersims.

»Hier kommt der kleine Rasmuus«, sagte er und hängte sich ohne Bedenken an die Hosenleine. Es knackte darin, aber sie hielt und er ließ sich daran hinunter, so weit sie reichte.

Dann machte er die Augen zu und ließ sich so sanft wie möglich fallen. Es tat beim Aufschlagen ein bisschen in den Füßen weh, aber er brach sich doch kein Bein und bekam nicht einmal eine Schramme.

»Du bist gelenkig wie ein kleiner Affe«, schrie Pontus, »genau wie Alfredos Mama.«

Er saß schon auf dem Fenstersims.

»Hier kommt der kleine Pontuus«, schrie er.

Rasmus sah zu ihm hinauf.

»Du brauchst gar nicht runterzuklettern, wenn du nicht willst«, sagte er. »Ich kann dir ja aufschließen. Aber erst hol ich Toker raus.«

»Tsss, ich will doch auch ein bisschen Spaß haben«, sagte Pontus und ließ sich hinunter.

Aber Rasmus war schon zum Keller unterwegs.

»Toker«, schrie er, »Toker, jetzt komm ich!«

Erst als er das funkelnagelneue Vorhängeschloss an der Kellertür sah, fiel ihm der Schlüssel ein, den er von Alfredo bekommen hatte. Den Schlüssel, den hatte er ja in die Hosentasche gesteckt und die Hosen hingen eben jetzt an der Hauswand und flatterten im Abendwind.

Er war maßlos wütend auf sich selber. Armer Toker – wo jede Sekunde eine Qual sein musste!

»Zerstreut wie eine alte Ziege«, murmelte er böse und galoppierte zurück. Armer Toker!

Er stürmte die Bodentreppe hinauf und schloss die Tür auf, die Alfredo kürzlich so sorgfältig verschlossen hatte und die Berta morgen öffnen sollte ... meinte sie wenigstens, ja!

Rasmus steckte den Kopf durch das Fenster und da entdeckte ihn Pontus. Er riss erstaunt die Augen auf.

»Denkst du, wir haben Schauturnen?«, rief er ungehalten. »Sei vorsichtig mit meinen Hosen! Es ist schon genug, dass du einmal dran runtergerutscht bist.«

Aber Rasmus hatte die Hosen heraufgezogen und suchte nervös erst in seinen eigenen und dann sicherheitshalber auch in Pontus' Hosentaschen. Dort war kein Schlüssel und er trippelte vor Ungeduld. Von so was konnte man ja graue Haare kriegen!

»Pontus, siehst du irgendwo einen Schlüssel im Gras liegen?«, schrie er ganz außer sich.

»Ich werd mal nachfühlen«, sagte Pontus. Er legte sich auf alle viere und tastete den Erdboden ab. Rasmus biss sich in den Zeigefinger und wartete.

»Was krieg ich für das hier?«, sagte Pontus triumphierend und hielt den Schlüssel hoch. Rasmus seufzte auf vor Erleichterung.

»Eine Hose, denn die brauchst du«, sagte er und ließ die Hosen auf Pontus' Kopf hinunterfallen.

Und dann stand er vor dem Keller und hörte Toker bellen und er fing an zu weinen, schon als er den Schlüssel ins Vorhängeschloss gesteckt hatte. Dann bekam er die schwere Kellertür endlich auf und stürzte in die dumpfe Finsternis hinein. Er sah nichts. Aber er hörte ein verzweifeltes Winseln und ein raues, warmes kleines Bündel kam auf ihn zugeschossen. Da weinte er noch mehr, leise und heftig, und drückte das Bündel fest an sich.

»Toker, dass du wirklich lebst«, sagte er mit zitternder Stimme. »Armer Toker, ich hab so furchtbare Sehnsucht nach dir gehabt. Dass du wirklich lebst!«

»Klar lebt er«, sagte Pontus nüchtern.

Rasmus hielt Toker dicht an sich gepresst und schluckte wie wahnsinnig. Es mochte hingehen, dass man weinte, wenn man seinen Hund verloren hatte, aber es zu tun, wenn man ihn wiederkriegte, das musste ja ganz und gar verrückt wirken, das wollte er Pontus am liebsten nicht zeigen.

»Armer Toker«, murmelte er und bohrte seinen Kopf in das raue Fell. Aber Toker zappelte verzweifelt. Er wollte weg von diesem unheimlichen Ort, und sobald er sich losgerissen hatte, schoss er durch die Kellertür hinaus wie eine Rakete. Erst in sicherer Entfernung von seinem Gefängnis blieb er stehen und bellte wild. Jetzt wollte er aber ordentlich seine Meinung darüber sagen, wie wenig ihm dieser Ort behagte.

Aber dann vergaß er alles. Er gehörte nicht zu denen, die sich hinsetzen und hinterher über ihre Leiden brüten. Jetzt war er wieder ein freier und fröhlicher Hund, der nur wissen wollte, was sein Herrchen sich als Nächstes ausdachte.

Sein Herrchen wischte sich verstohlen die Tränen ab und zog die Hose an.

»Jetzt werden wir der Polizei von Västanvik Arbeit bringen«, sagte er finster. »Komm, Pontus!«

Er pfiff nach Toker.

»Komm, Toker! Jetzt aber schnell, wir müssen los!«

Die helle Mainacht ist da und die Wiesenkate liegt schweigend und verödet unter ihren Apfelbäumen. Die kleinen grauen Gebäude schlafen friedlich. Überall herrschen Ruhe und Stille.

Herrscht wirklich überall Ruhe und Stille? Nein. Wenn dieser alte Hof einen Hausgeist hat, der nachts wacht, dann muss der merken, dass im Gegenteil eine schleichende Unruhe zwischen den Hausmauern dahinkriecht und dass die Luft voll ist von seltsamer, unheimlicher Erwartung.

Aber hier ist ja keine lebende Seele – wer wartet denn also? Kein kleiner Hund sitzt im Erdkeller und wartet darauf, dass er frei wird, und keine Lümmeljungs warten in der Bodenkammer, dass sie herausgelassen werden.

Doch, allerdings sitzen zwei Jungen oben in der mit Schlagsahne voll gespritzten Bodenkammer und warten! Rasmus und Pontus sitzen dort, sorgfältig eingesperrt, und warten so, dass sie aus der Haut fahren möchten, warten und gucken auf die Uhr und fragen sich: Wann?

Und sie sind nicht die Einzigen, die heute Nacht in diesem alten Ödhof warten. Einem wachenden Hausgeist kann nicht entgehen, wie es sich drinnen unter den Schatten bewegt. Überall stehen schweigende Männer auf Wacht, einer am Fenster des alten Stalls, einer im Erdkeller, wo es keinen bellenden Hund mehr gibt – überall in allen dunklen Gängen stehen stumme Männer und sehen auf ihre Uhren und fragen sich: Wann?

Mit jedem Ticken nähert sich der schlimmste Kriminalfall in der Geschichte von Västanvik seinem Ende. Man kann es spüren, man weiß, dass es kommt, man weiß nur nicht, wann.

Es ist unheimlich, in einem Bodenraum eingeschlossen zu sitzen und auf zwei wutschnaubende Silberdiebe zu warten, selbst wenn der eigene Papa und ein Polizeimeister in der Abstellkammer gleich nebenan versteckt sind. Es ist unheimlich, da zu sitzen und zu sehen, wie die Nacht draußen vor dem Fenster dunkler wird, wie die Schatten drinnen in der Kammer tiefer werden, so dass man zuletzt nichts mehr erkennt; unheimlich, nur die furchtbare Stille zu hören und das leise Ticken der Uhr; unheimlich zu wissen, dass vielleicht gerade jetzt, gerade in diesem Augenblick, wenn die Uhr »tick« macht, dieser Silberhai den Fuß auf den Gashebel setzt und nach Västanvik zurückfährt, dass gerade jetzt Alfredo und Ernst den Waldpfad zurückgeschlichen kommen, dass sie gerade jetzt die Bodentreppe heraufkommen, wütend wie Spinnen . . . oje, oje!

»Pontus, hörst du was?«, flüsterte Rasmus erschrocken.

Nein, Pontus hörte nur, wie der Polizeimeister hinter der halb geöffneten Tür zur Kammer flüsternd sprach, nichts weiter.

»Ich glaub allmählich, mir geht's wie Ernst«, sagte Rasmus. »Ich bin ›nicht stark mit die Nerven‹, ich finde diese Geschichte hier wirklich unheimlich.«

Und dabei war er selbst darauf verfallen, dass sie hier sitzen sollten ... das war, als der Polizeimeister angefangen hatte davon zu reden, wie schwierig es werden würde, »die Diebe des Verbrechens zu überführen«.

Der arme PM, er raufte sich die Haare, als ihm endlich klar wurde, was Rasmus zu berichten versuchte.

»Ihr beide wart Donnerstagnacht bei von Renckens drin? Du redest doch wohl nicht irre? Ihr beide habt das Silber in Pontus' Keller? Der Himmel steh mir bei, ich werde euch ja festnehmen müssen!«

Und dann erklärte er ihnen, was damit gemeint ist, wenn man sagt, man müsse jemanden des Verbrechens überführen. Alfredo und Ernst waren mit einem Sack Alteisen losgezogen, wie aus Rasmus' Bericht hervorging. Dafür konnte man sie nicht einsperren. Und sie hatten keinerlei Fingerabdrücke oder irgendetwas am Tatort zurückgelassen, was sie hätte verraten können. Wenn sie jetzt gesucht und geschnappt wurden, so brauchten sie nur ganz einfach stur zu leugnen, und wer könnte beweisen, dass sie die Silberdiebe waren? Rasmus und Pontus jedenfalls nicht, die das Diebesgut selbst hatten.

»Du musst verstehen, Rasmus, es nützt nichts, wenn sowohl ich als auch dein Vater *wissen,* dass diese Räubergeschichte, die du da erzählst, wahr ist. Wir müssen es auch beweisen können«, hatte der PM gesagt. »Natürlich können wir sie verhören, wenn wir das Glück haben, sie zu erwischen; aber wenn sie nicht gestehen, dann bleibt uns nichts anderes übrig als sie wieder laufen zu lassen.«

Sie laufen lassen! Und dann würden sie schnurstracks kommen und Toker totschlagen, nein, danke schön ... Rasmus war gezwungen sich etwas auszudenken.

»Ja, aber wenn sie nun zurückkommen – und das tun sie –, wenn sie zurückkommen und aus uns rausquetschen wollen, wo wir das Silber hingetan haben, und *ihr hört es,* sind sie dann des Verbrechens überführt?«

»Ja, knallhart«, sagte der PM. »Dann können sie nicht mehr leugnen.«

Das war der Grund, weshalb sie hier in der Bodenkammer saßen und Papa und der PM nebenan hockten; das war der Grund, weshalb alle dunklen Gänge voller Polizisten standen und die ganze Wiesenkate in unheimlicher Erwartung den Atem anhielt.

Ja, Rasmus fand es unheimlich, hier zu sitzen.

Aber er fühlte dennoch insgeheim eine Befriedigung sich vorzustellen, dass er und Pontus und Toker das größte Ereignis in der Geschichte der Västanviker Polizei in Gang gebracht hatten, als sie vor nur zwei Stunden zu Papa auf die Polizeiwache gestürmt kamen. Allerdings war es zuerst fast unmöglich gewesen, Papa dazu zu kriegen, dass er einem zuhörte. Er hatte sich nur um Toker gekümmert. Aber sobald er wirklich begriff, was Rasmus brüllte, da kam die Sache in Schwung. Au Junge, die gesamte Polizeimacht wurde alarmiert, jeder kleine Sonderpolizist kam atemlos angerannt und Papa und der PM stürzten zum Jahrmarkt hinüber und nahmen Berta fest. Es waren wohl nicht mehr als zehn Minuten, nachdem Alfredo sein letztes Schwert geschluckt hatte und mit Ernst zusammen in dem Auto jenes »netten Herrn« losgefahren war. Berta hatte im Wohnwagen eben ihr seidenes Kleid ausgezogen und angefangen ihre Sachen zu packen, als sie festgenommen wurde. Arme Berta, sie sollte doch morgen früh herkommen und ihnen aufschließen! Nun war sie verhindert, nun saß sie selber in einer Zelle unten in der Polizeiwache eingesperrt und da kam bestimmt keiner und ließ sie raus.

Rasmus guckte auf seine Uhr. Jedes Mal wenn er hinschaute, waren die leuchtenden Zeiger nur ein ganz wenig weitergerückt. Aber es war jetzt nach zwölf. Hatte Alfredo Mamas alten Mörser wirklich noch nicht in die Finger gekriegt?

»Au Junge, die werden toben«, sagte er schaudernd zu Pontus. »Ich glaub, wir hören sie schon mit den Zähnen knirschen, wenn sie die Treppe raufkommen.«

Pontus kicherte nervös.

»Na ja, aber sie haben bestimmt bald ausgeknirscht, jedenfalls wegen uns. Dann mögen sie ein paar Jährchen lang im Kittchen sitzen und knirschen.«

»Ja, und sie haben selber Schuld«, sagte Rasmus. »Du hast ja gehört, wie ich Alfredo klar und deutlich sagte, ich nähme alles zurück, was ich versprochen hätte.«

Pontus nickte im Dunkeln.

»Ja, das hast du getan. Denn er dachte, mit 'nem Schloss wäre es sicherer. Aber diesmal hat er sich geirrt.«

»Ich finde, sogar Diebe müssten halten, was sie versprechen«, sagte Rasmus. »Sie haben gesagt, ich würde Toker heute Abend wiederkriegen. Also haben sie selber Schuld.«

Er gähnte trotz der Erregung. Es war anstrengend, nachts Diebe zu jagen, und man konnte ja niemals mehr ausschlafen. Pontus gähnte ebenfalls. Eine ganze Weile saßen sie schweigend mit dem Rücken an der Wand auf dem Fußboden und warteten nur.

Rasmus fragte sich, ob sein Vater und der PM auch müde waren. Er hörte sie nebenan miteinander flüstern und er versuchte zu verstehen, was sie sagten. Aber es klang nur wie ein gleichförmiges Summen und man wurde nur noch müder davon, oh, wie müde man wurde!

Plötzlich zuckte er zusammen und sprang auf . . . Hilfe, jetzt kamen sie! War er eingeschlafen? Es war ja schon hell! Und jetzt kamen sie, oh, er hörte sie auf der Treppe, hörte ihre zornigen Stimmen und sein Herz fing an wie irrsinnig zu schlagen. Pontus war auch aufgesprungen. Sie standen jetzt da und starrten erschrocken auf die Tür. In dem Raum nebenan war es still. Wenn sie nun schliefen, Papa und der PM? Plötzlich hatten sie das Gefühl, als ob sie ganz mutterseelenallein den Stoß abfangen müssten, und das war grausig.

Aber was hatte Alfredo gesagt: Polizisten und Hunden dürfte man nicht zeigen, dass man Angst hatte. Das galt vielleicht auch für Diebe. Rasmus straffte sich und zwinkerte Pontus zu.

Und im selben Augenblick flog die Tür auf. Mit einem Gebrüll schoss Alfredo herein und hinter ihm tauchte Ernst auf, weiß vor Wut. Rasmus wurde mit einem Male ruhig. Es war schlimmer, dazusitzen und auf etwas Unheimliches zu warten, als ihm wirklich ins Gesicht zu sehen.

»Was kommt ihr denn hier wieder angerannt?«, fragte er. »Kann man nachts nicht mal schlafen?«

Alfredo blieb mitten in der Kammer stehen. Er ballte die Hände und heulte vor Zorn.

»Oh«, schrie er, »oh! Schlangenbrut! Auswurf von Kreuzottern!«

Rasmus sah ihm fest in die Augen.

»Reg dich nicht auf, sonst platzt dir noch der Kragen. Hat deine kleine Mammi dir das nicht mal gesagt?«

Alfredo stieß ein neues Gebrüll aus und Ernst packte Rasmus.

»Eine Minute habt ihr Zeit«, zischte er. »Wo ist das Silber? Eine Minute! Dann geh ich in den Keller und ich schwöre dir, du hast noch nie in deinem Leben einen so toten Köter gesehen!«

Alfredo tobte weiter.

»Vereinigte Alteisen AG . . . oh, ich bin ein gebrochenen Mann!«, schrie er.

Ernst sah ihn scharf an.

»Halt die Klappe«, schnauzte er ihn an. »Eine Minute, habt ihr gehört? Wo habt ihr das Silber?«

Er schüttelte Rasmus, als meinte er, er könne Silbersachen aus ihm herausschütteln.

»Lass mich los«, sagte Rasmus. »Hier haben wir es jedenfalls nicht.«

Alfredo streckte seine große Pranke aus und packte Pontus am Schopf. Er zerrte ihn brutal zu sich heran und schrie mit tränenerstickter Stimme:

»Hast du der Sack zusammengenäht? Teufel auch, was habt ihr eigentlich für Handarbeitsunterrichten in die Schule?«

Und er versetzte Pontus einen Knuff, dass er rücklings gegen die Wand flog. Dann schlug er sich an die Stirn und schrie abermals:

»Ah, ich bin ein gebrochenen Mann!«

Unterdessen schüttelte Ernst Rasmus immer heftiger. Es sah aus, als wollte er ihn umbringen.

»Ich hab nicht gefragt, wo ihr das Silber *nicht* habt, ich hab gefragt, wo es ist!«

»In einem Haus drinnen in der Stadt«, sagte Rasmus. »Lass mich los!«

»In was für einem Haus? Bei dir zu Hause? Unter deinem Bett? Wo? Hörst du, was ich frage ... *wo?*«

»Das kann ich jetzt nicht einfach so beschreiben«, sagte Rasmus. »Aber wir können es holen, Pontus und ich.«

»Könnt ihr das?«, sagte Ernst. Er versetzte Alfredo einen ungeduldigen Puff.

»Hast du gehört, was er sagt, oder heulst du bloß?«

»Ich heule und höre«, sagte Alfredo patzig. »Er hat das Silber drinne in die Stadt. Das bedeutet noch ein Fußwanderung und ich hasse Fußwanderung.«

Er weinte nicht mehr, starrte die beiden nur gekränkt an, die die Ursache zu seinem ganzen Unglück waren.

Ernst kaute an seinen Nägeln und überlegte.

»Ja, wir müssen mitgehen, auch wenn es riskant ist. Und verdammt eilig ist es auch.«

Er trampelte ein paar Mal unruhig in der Kammer hin und her. Ab und zu warf er einen Blick des Widerwillens auf Rasmus und Pontus.

»Pfui Deubel, mir wird schlecht, wenn ich euch bloß sehe!«

»Sososo«, sagte Pontus. »Na, mir ist auch nicht gerade wohl, wenn ich *dich* sehe.«

Ernst hörte nicht zu.

»Du«, sagte er zu Alfredo, »wenn deine Füße müde sind, dann kannst du ja schnurstracks zum Auto zurückgehen. Und versuchen den Silberhai bei Laune zu halten.«

Alfredo guckte erst Ernst an und dann seine müden Füße.

»Du mit deine Plombierungen«, sagte er. »Nein, Ernst, ich begleite dir, ich bin dein guten

Schutzengel, der über dich wacht, damit du nicht in Versuchungen kommst. Wenn ich doch nun bloß auch 'n Paar Engelsflügel hätte, mit die ich vorwärts rauschen könnte, denn die Schuhen drücken, und wie.«

»Halt die Klappe«, sagte Ernst. »Du redest zu v ...«

Aber Alfredo unterbrach ihn.

»Nein, ich will nicht allein sein mit den Silberhai, wenn ich's kann vermeiden. Da ist 'n ganzen Schwung Silberpötten nötig, wenn ich diesen Mann bei Laune halten soll. Teufel auch, was manche aufgeregt werden können und der Laune verlieren und Leuten ausschimpfen!«

Seine eigene Laune war sichtlich auf dem besten Wege sich zu heben. Er war wohl ähnlich beschaffen wie cin Vulkan. Nach einem gehörigen Ausbruch wurde er ruhig. Und nun begann wohl auch die Hoffnung auf das Silber sein habsüchtiges Gemüt zu beleben.

»Wir müssen losgehen«, sagte er. »Nur 'ne Stunde wollte er auf uns warten. Wir müssen also beeilen.«

Rasmus bekam einen harten Knuff in den Rücken.

»Na, wird's bald?«

Und Ernst trieb sie noch mehr an. Er schob sie zur Tür hinaus.

»Mir ist schlecht, wenn ich euch bloß seh«, versicherte er noch einmal. »Aber es ist trotzdem ein

Mordsschwein, dass wir euch immerhin hier eingesperrt hatten.«

Das fanden Rasmus und Pontus auch.

In der Abstellkammer war es nach wie vor ruhig und all die anderen, die in den dunklen Gängen Wache standen, verhielten sich auch still. Der PM hatte gesagt, keiner dürfe eingreifen, ehe es nicht ernstlich erforderlich sei. Jetzt sollten die Diebe vorschriftsmäßig des Verbrechens überführt werden.

»Na, dann gehen wir«, sagte Rasmus leichthin, als Alfredo die Tür hinter ihnen schloss. »Aber Berta wird sich schön wundern, wenn sie herkommt und wir sind weg!«

»Ja, stellt euch vor, wenn Berta kommt«, sagte Pontus verschmitzt, »stellt euch bloß vor!«

Dieser Gedanke hob Alfredos Laune um einige weitere Grade, er schmunzelte richtig zufrieden.

»Armes Bertachen, ja, die wird ordentlich baff sein. Keine Lümmeljungs, kein Alfredo, nichts, bloß den alten lieben Elternhaus und der sieht auch so aus, als wenn er gleich zusammenfällt.«

Das alte liebe Elternhaus im Licht des Morgengrauens zwischen den blühenden Apfelbäumen war eigentlich ein schöner und friedlicher Anblick. Niemand konnte ahnen, dass fast die ganze Polizeimacht von Västanvik hier und da im Verborgenen stand und den Atem anhielt. Auf der Steinmauer saß ein Eichhörnchen und musterte mit klaren Augen Alfredo und seine Begleitung, wie sie daherkamen, aber sonst war alles wie ausgestorben. Und im Keller war es still.

»Wer von euch hat den Schlüssel?«, fragte Ernst und machte jäh vor der Kellertür Halt.

Rasmus und Pontus sahen sich an ... Würde Ernst nun alles verderben, indem er in den Keller ging?

Langsam steckte Rasmus die Hand in die Tasche.

»Den Schlüssel, den darf ich wohl behalten«, sagte er. »Denn es bleibt wohl trotz allem dabei, dass ich Toker morgen rausholen darf, was?«

»Her damit«, sagte Ernst forsch. »Das hängt davon ab, wie ihr euch in der nächsten Stunde aufführt.«

Er riss den Schlüssel an sich.

»Kommt nicht mit neuen Flausen, das rat ich euch! Vergesst nicht, dass hier in dem Keller ein Köter eingesperrt ist ... Kapiert?«

»Kapiert«, sagte Rasmus. Ernst sollte bloß wissen, was für eine Art Köter in diesem Augenblick in dem Keller eingesperrt saß! Es war kein rauhaariger Dackel namens Toker, sondern ein rauhaariger, starker Polizist namens Söderlund und er war außerdem nicht eingesperrt. Das hätte Ernst sehr wohl sehen können, wenn er das Vorhängeschloss, das an der Kellertür baumelte, ein bisschen näher betrachtet hätte.

»Nehmt jetzt die Beine in die Hand«, sagte Ernst.

Und das taten sie.

Das taten auch alle die, die in dunklen Gängen Wache standen. Sehr leise, sehr behutsam und umsichtig machten sie sich bereit der kleinen Prozession zu folgen, die jetzt durch die Lücke in der Steinmauer hinausmarschierte, mit Rasmus an der Spitze.

»Es gibt eine Abkürzung durch den Wald«, sagte Rasmus. »Über die Landstraße ist es fast doppelt so weit. Welchen Weg wollen wir nehmen?«

»So wenig wie möglich Fußwanderung«, sagte Alfredo. »Den nächsten Weg, das ist das Beste.«

Ja, und dann gibt es kein Gedränge mit dem Polizeiauto, dachte Rasmus. Er hätte nur zu gern gewusst, was für ein Gesicht Alfredo gemacht hätte, wenn er es laut gesagt hätte.

Eigentlich war es urkomisch, hier mit zwei abgebrühten Einbrechern zusammen durch den Wald zu gehen, während eine ganze Treiberkette von Polizisten hinter ihnen herschlich. Gerade diesen kleinen Pfad ging er mindestens einmal in jedem Jahr mit Papa und Mama und Prick entlang, an genau so einem sonnigen Maimorgen wie diesem, wenn die Vögel am allertollsten sangen. Dann nahmen sie Kaffee mit und gingen in den Wald und hörten den ersten Kuckuck rufen. Es gab so eine hübsche kleine Lichtung, wo Buschwindröschen wuchsen. Dort saßen sie dann immer und hörten den Vögeln zu, obwohl der

Kuckuck meistens störrisch war und nicht rufen wollte, wie er sollte.

Aber eben jetzt, da man mit Räubern und Banditen durch den morgendlichen Wald stolperte, jetzt rief er doch wahrhaftig aus vollem Halse. Alfredo ahmte ihn nach.

»Kuckuck, kleine dumme Kuckuck! Kuckuck, wie viele Jahre, meinst du, krieg ich?«

Da rief der Kuckuck dreimal.

»Drei Jahr«, sagte Alfredo. »Aber ich krieg doch vielleicht Bewährung, Kuckuck?«

»Wenn du doch endlich mal deinen Schnabel halten würdest!«, sagte Ernst gereizt. Er ging schnell und verbissen vorwärts, Alfredo stolperte über Steine und Wurzeln hinterdrein. Er war an Fußwanderungen nicht gewöhnt, das sah man.

»Es ist nicht genug, dass ich einen gebrochenen Mann bin«, sagte er, »nun hab ich auch noch wunden Füßen.«

»Wunde Füße!«, fauchte Ernst. »Ich wär froh, wenn ich keine größeren Sorgen hätte als wunde Füße.«

Armer Alfredo und armer Ernst! Natürlich hatten sie größere Sorgen als wunde Füße. Aber nun liegt Västanvik in den ersten klaren Strahlen der Sonne vor ihnen, das kleine, kleine Västanvik, wo sie ihr großes, großes Ding gedreht hatten. Irgendwo an einer dieser kleinen Straßen liegt ein Haus, wo die Beute sich eben jetzt befindet. Man brauchte sie nur zu holen.

Aber Ernst ist nervös. Er geht dahin und kaut an seinen Nägeln und sieht scheu zu den schlafenden Fenstern hinauf. Ist es nun auch ganz sicher, dass keiner wach ist und sieht und hört und vielleicht neugierig wird? Es klappert so verdammt laut, wenn man über diese Kopfsteine geht, dass es eigentlich die halbe Stadt wecken müsste.

Ach, natürlich schläft man in einer so kleinen Stadt wie Västanvik um diese Zeit und wird nicht wach, nur weil ein paar Leute durch die Nebenstraßen trampeln bis zu einem Haus, in dem Silber versteckt ist.

Obgleich niemand schlafen dürfte an einem so klaren, lieblichen Morgen, wenn die Kastanien blühen und die Sonne glänzt und der Flieder duftet. Es duftet auch nach Geißblatt, ja, plötzlich ist die Luft von dem süßesten Geißblattduft erfüllt. Alfredo zieht ihn durch die Nasenlöcher ein ... oh, diese herrlichen Blumen!

Es liegt ein weiß getünchtes Haus in einer kleinen Seitenstraße ganz in der Nähe von Västanviks altem, ehrwürdigem Gymnasium, ein weiß getünchtes Haus mit grünem Blechdach, und die eine Wand ist ganz überwuchert von Geißblatt ... von dorther kommt er, der liebliche Duft.

»Ja, nun sind wir da«, sagt Rasmus. »Da drinnen ist es.«

Er legt den Finger auf den Mund, damit Ernst und Alfredo leise sind.

»Pscht ... wir gehen durch die Hintertür rein.«

Ernst und Alfredo nicken zustimmend. Im Laufe ihres stürmischen Lebens haben sie gelernt, dass es am sichersten ist, ein Haus durch die Hintertür zu betreten. Dann wird es sozusagen nicht so bemerkt, und sie hatten des Öfteren so unbemerkt wie möglich in Häuser hineingelangen wollen.

Aber Ernst ist bis zur letzten Sekunde misstrauisch. Er fasst Rasmus mit eisernem Griff ums Genick.

»Und du bist sicher, dass das Silber hier drinnen ist?«, fragt er leise und zeigt auf die kleine, grün gestrichene Hintertür. »Du hast dir nicht etwa eine neue Teufelei ausgedacht? Du hast den Köter im Erdkeller nicht vergessen, hoffe ich?«

»Nee, den hab ich nicht vergessen«, sagt Rasmus. Oh, nie in seinem ganzen Leben wird er den Köter im Keller vergessen!

Ernst ist trotzdem noch nicht beruhigt.

»Pfui Spinne, mir will das hier nicht gefallen«, sagt er und sieht sich unruhig um.

Aber Alfredo ist nicht unruhig.

»Du bist nicht stark mit die Nerven, Ernst. Das bist du nie gewesen!«

»Tsss«, sagt Rasmus, »ihr braucht ja nicht mit reinzukommen, wenn ihr nicht wollt. Pontus und ich können den ganzen Krempel für euch rausholen.«

Da packt Ernst ihn von neuem mit hartem Griff ums Genick.

»Und du denkst, das kannst du mit uns machen«, sagt er wutschnaubend. »Ihr geht hier rein und rennt quer durchs ganze Haus und auf der anderen Seite wieder raus, was? Hör mal, Jungchen, du hast es nicht mit Grünschnäbeln zu tun!«

»Tsss«, sagt Rasmus. »Du bist misstrauisch wie 'ne alte Ziege.«

Alfredo gluckst vergnügt.

»Teufel auch, den Trick da, den hat meine kleine Mammi mir gelernt am selben Tag, als ich in die Kleinkinderschule kam.«

»Macht, was ihr wollt«, sagt Rasmus und öffnet bereitwillig die Tür sperrangelweit. »Bitte, tretet näher.«

Ernst geht voraus. Er hat Rasmus hart ums Handgelenk gepackt.

»Geh leise«, flüstert er drohend.

Und Rasmus geht leise auf Zehenspitzen. Das tut Alfredo auch, der gleich hinterherkommt. Er schleicht auf den Zehen. Dann fühlt er seine wunden Füße auch weniger. Zuletzt kommt Pontus und er macht die grün gestrichene Tür ordentlich hinter sich zu.

»Hier ist es finster wie in Ägyptens Land«, flüstert Alfredo.

Und das stimmt. Es ist ein langer, schmaler, finsterer Gang, durch den Rasmus sie führt.

»Aber es wird bald besser«, verspricht er tröstend. Ernst packt sein Handgelenk noch fester.

»Pscht . . . nicht reden! Wo hast du das Silber?«

Am Ende des Ganges ist eine neue Tür.

»Hier drinnen«, sagt Rasmus. »Lass mich los, damit ich aufmachen kann!«

Und dann macht er die Tür auf.

Ist es nicht wunderbar, vom Dunkel ins Licht zu kommen? Hier ist es jetzt plötzlich so wunderbar, wunderbar hell und auf einem Tisch steht all das schöne, schöne Silber und funkelt in der Morgensonne. Gleich daneben steht ein Mann in Uniform und der lächelt so freundlich.

»Weshalb in aller Welt kommt ihr von hinten

herein?«, fragt er. »Aber nichtsdestoweniger: Willkommen! Willkommen auf der Västanviker Polizeiwache!«

Dann geschah so vieles auf einmal.

»Pack ihn, Patrik«, schrie der Polizeimeister, »er springt raus!«

Da war Ernst schon halbwegs zum offenen Fenster hinaus und Rasmus sah seinen Papa voll Staunen quer durch den Raum einen Satz machen wie ein Tiger. Er erwischte den Flüchtling in letzter Sekunde.

Noch einer wollte verschwinden. Leise und entschlossen rannte Alfredo auf die grüne Tür zu, durch die er hereingekommen war, aber dort standen jetzt ein paar kräftige Polizisten, die ihn unbarmherzig in die Revierstube zurücktrieben.

»Polizeiwache . . . liebe kleine Mammi«, murmelte er, »ich bin ein gebrochenen Mann!«

Aber er hielt dem Polizeimeister artig die Hände hin und ließ sich die Handschellen anlegen.

»Aha, nun ist's wieder mal Zeit für diesen vornehmen Manschetten hier!«

Er zuckte die Achseln.

»Na, wenn schon. Sitzt du drin, dann sitzt du drin, das sagte meine kleine Mammi immer.«

»Aber 'ne ganze Menge hat sie vergessen dir beizubringen, als du in der Kleinkinderschule anfingst«, brummte Rasmus.

Alfredo warf ihm einen finsteren Blick zu.

»Ja, das glaub ich allmählich auch. Sie hätte mir sollen beibringen nie mit was anzufangen, bevor ich erst alle erschießen habe, die reinkommen und nur mit ein Auge bei mir zugucken wollen.«

Er schlug sich gegen die Stirn, mit beiden Händen!

»Vereinigte Alteisen-AG – oh, ich bin ein gebrochenen Mann!«

»Selbst schuld«, sagte Rasmus mürrisch. »Ich hätte Toker am Samstagabend wiederkriegen müssen, wie ihr gesagt hattet.«

Diebe sind bestimmt dumm, dachte Rasmus.

Man hätte nicht übel Lust, ihnen zu sagen, was Doktor Fröberg immer sagte: »Gebraucht euer Hirn, dann könnt ihr besser denken.« Man durfte doch nicht so einfach dämlich in die Polizeiwache reinzuckeln, wenn man Dieb war. Nein, Diebe *dachten* nicht, das war der ganze Fehler. Vielleicht machte Alfredo sich deswegen so wenig daraus, was mit ihm passierte, weil er nie so richtig nachdachte. Ein Weilchen machte er sich was draus und da war er schrecklich böse. Aber dann schien er alles vergessen zu haben, genau wie kleine Kinder es machen. Es war irgendwie beinahe unbehaglich, wenn große, dicke Männer wie kleine Kinder waren. Man wusste nie, was sie plötzlich anstellen konnten. Doktor Fröberg sagte immer, viel Elend in der Welt komme daher, dass eine Menge Menschen immer weiter wie kleine Kinder blieben, obwohl es ihnen von außen nicht anzusehen wäre. Sicher meinte er solche wie Alfredo. Und Ernst übrigens auch! Der war bestimmt auch ein kleines Kind, wenn auch von einer anderen Sorte. Darum stand er jetzt auch da und sah zu Boden und zitterte am ganzen Körper und es ging ihm gar nicht gut.

»Was du plötzlich still geworden bist, Ernst«, sagte Alfredo. »Kratzen die Manschetten?«

Ernst warf ihm einen bösen Blick zu.

»Halt die Klappe«, sagte er.

Aber dann hatten Ernst und Alfredo etwas anderes zu gucken. Aus dem Büro des Polizeimeisters kam ein kleiner Hund herausgewackelt, ein kleiner Hund, der sein Herrchen erblickte und darum bellte und mit dem Schwanz wedelte und sich mächtig freute.

Alfredo stöhnte.

»Ernst, haben wir den Tier da in den Keller eingesperrt oder haben wir nicht? Liebe kleine Mammi, das muss einen Spukhund sein!«

Rasmus nahm den Spukhund in die Arme und der Spukhund leckte ihm das Gesicht.

»Patrik«, sagte jetzt der PM, »willst du sie eben durchsuchen? Dann können sie erst mal zu Berta hinein.«

Alfredo zuckte zusammen.

»Ist Berta hier? Habt ihr armes Bertachen hoppgenommen?«

Der Polizeimeister nickte und Alfredo wandte sich entschlossen zu ihm um.

»Bedenken Sie eine Sache: Wenn Sie mich in derselben Zelle stecken wie Berta, dann schreibe ich an der Gefängnisverwaltung und beschwere mich.«

Der Polizeimeister beruhigte ihn.

»Haben Sie keine Sorge. Sie werden eine Zelle bekommen, so für sich allein, dass Sie staunen werden.«

Alfredo warf ihm einen dankbaren Blick zu und ließ sich willig durchsuchen. Rasmus streckte den Kopf vor um zu sehen, was Papa aus Alfredos Taschen hervorkramte.

»Was in aller Welt ist denn das hier?«, fragte sein Vater. Er hielt dem PM die Hand hin und zeigte ihm eine kleine, graue Spielzeugmaus mit einem Schlüssel an der Seite.

»Ach, das ist ein kleinen lustigen Ding«, sagte Alfredo.

»Gestern, wie so 'n Regen war, da hat der Ernst den ganzen Tag gesessen und damit gespielt. Teufel auch, war Berta wütend!«

Rasmus und Pontus sahen einander an und Pontus kicherte ein bisschen, nur weil ihm einfiel, wie er vor langer, langer Zeit über diese Maus gekichert hatte.

»Das ist meine«, sagte Rasmus.

Alfredo nickte.

»Ja, geben Sie die Lümmeljungs, ich hab es von die gekriegt.«

Rasmus nahm die Maus. Die wollte er zur Erinnerung an den weltberühmten Schwertschlucker Alfredo aufbewahren!

Nun holte Papa eine Uhr aus Alfredos Brusttasche. Rasmus und Pontus hatten sie schon mal gesehen. Es war eine billige, silberne Taschenuhr mit einem Zifferblatt aus Emaille, das zersprungen war.

»Ach, meine Uhr! Sie bringen es doch nicht über'n Herzen und nehmen mir meine Uhr weg?«, sagte Alfredo bettelnd. »Meine allererste Uhr, die dürfen Sie mir nicht wegnehmen!«

Er tat Rasmus beinah Leid, als Papa nur den

Kopf schüttelte und die Uhr zu dem Übrigen legte.

»Leider, leider«, sagte sein Vater freundlich. »Soso, es ist ein altes Andenken aus der Kindheit?«

Alfredo zwinkerte ihm zu.

»Ja, es war die erste Uhr, wo ich in mein junges Leben geklaut habe, und man kann nichts dafür, aber man wird ein bisschen sentimental, das wird man nun mal.«

Ernst sah ihn voll Widerwillen an.

»Dass du das über dich bringst«, brummte er halblaut. »Gestern hast du erzählt, dass du sie von deinem Onkel Konstantin geerbt hättest.«

Aber Alfredo hörte ihm nicht zu. Jetzt lächelte er der Polizeimacht einschmeichelnd zu und war kein gebrochener Mann mehr. Jetzt war er der ideale Musterhäftling, darauf erpicht, es allen recht zu machen, und bereit Polizisten und Gefängniswärter mit einem kleinen Scherz zu erheitern, wenn es sich so ergab.

Er war bald fertig durchsucht, und während seine Personalien festgehalten wurden, ließ er sich ohne langes Federlesen auf die Bank fallen, wo Rasmus und Pontus mit Toker saßen.

»Ja, dann setze ich mich hierhin und rede solange mit die Lümmeljungs«, sagte er. »Macht Platz!«

»Du wolltest uns ja erschießen«, murmelte Rasmus.

»Noch ’n bisschen zur Seite«, sagte Alfredo. »Macht Platz!«

Sie rückten etwas zusammen, so dass er sich mit seinem großen dicken Körper neben sie zwängen konnte.

»Na, nun redet mal«, sagte er. Er schien der Meinung zu sein, es sei ihre Pflicht, ihn zu unterhalten, da sie ihn hierher gebracht hatten und alle anderen im Augenblick beschäftigt waren.

Pontus strengte sich an, um Gesprächsstoff zu finden.

»Du bist aber ein richtiger Langfinger, Alfredo«, sagte er zur Einleitung.

Alfredo nickte.

»Ja, ich bin ein richtigen Langfinger. Darum hab ich auch so feine Manschetten angekriegt.«

Rasmus sah nachdenklich und missbilligend auf die Handschellen.

»Aber findest du es nun eigentlich so schön, ein Dieb zu sein?«

Alfredo schüttelte den Kopf.

»Du musst auf mancherlei gefasst sein, wenn du diese Lebensbahn einschlagen willst.«

»Tsss«, machte Rasmus, »du denkst doch nicht etwa, ich will ein Dieb werden?«

»Ach so, ich dachte, du willst so was haben, was nennt man das gleich – Berufsberatung«, sagte Alfredo. »Nee, Rasmuus und Pontuus, die werden wohl niemals Dieb! Nehmt euch nur vor Stecknadeln in Acht!«

Pontus sah ihn fragend an.

»Vor Stecknadeln?«

Alfredo nickte.

»Ja, denn sonst werdet ihr entweder Dieb oder Schwertschlucker. Die Stecknadeln, die wurden mein Verderb.«

»Wieso denn?«, fragte Rasmus.

»Man fängt an als kleines Kind und schluckt Stecknadeln, nicht?«, sagte Alfredo. »Und wo kann ein kleines armes Kind Stecknadeln kriegen ohne zu stehlen? Und später wisst ihr, wie es geht . . . fängt an mit einen Stecknadeln, endet mit einen silbernen Schale. So ist es mir ergangen!«

Rasmus sah auf seine Uhr. Es war bald fünf. Welch ein Sonntagmorgen! Er gähnte und nun kam sein Vater zu ihnen.

»Hört mal, Jungs. Ihr habt jetzt das Eure getan. Ich denke, ihr geht nun schnell nach Hause!«

Er fuhr Rasmus über das strubbelige Haar.

»Nimm Toker mit und geh nach Hause und schlaf, sonst wirst du nicht wach, wenn wir zum Frühlingsfest wollen.«

Alfredo machte ein philosophisches Gesicht.

»Wie komisch kann der Leben sein«, sagte er. »Manche gehn zum Fest und manche in 'n Arrest.«

»Ja, das ist richtig«, sagte Rasmus. »Aber es hängt auch ein bisschen davon ab, wie man sich benimmt.«

Alfredo lächelte seinem Vater einschmeichelnd zu.

»Der Rasmuus, der ist ein hübschen und klugen Kind, der! Wenn auch ungekämmt«, fügte er mit einem Blick auf Rasmus' strubbeligen Haarschopf hinzu. »Wenn du auf den Fest gehn willst, musst du dir wohl 'n bisschen kämmen, finde ich.«

Sonntagmorgen, das war eine herrliche Erfindung! Und von allen Sonntagmorgen war dieser der beste. Toker lag wieder neben ihm. Er lag da und schniefte, die Schnauze gegen seinen Arm gepresst, so sorglos, als sei er nie in Räuberhand gewesen. Rasmus wölbte die Hand über seinen dunklen Kopf und murmelte:

»Toker, ich hab dich so gern, so gern . . .«

Toker zuckte zusammen und war sofort wach. Er blickte sein Herrchen eifrig an.

»O nein, nicht, was du denkst«, sagte Rasmus. »Du *bist* schon mal draußen gewesen, um fünf Uhr heute Morgen, vergiss das bitte nicht.«

Er sah auf seine Uhr. Zwölf! Au Junge, dann war es ja gar nicht mehr Sonntagmorgen, sondern sonnenklarer Mittag und bald Zeit, zum Frühlingsfest zu gehen.

Aus der Küche roch es schwach nach gebratenem Schinken und er blieb noch einen Augenblick liegen und überlegte eine ganze Weile hin und her, was wohl das Schönste sei: neben Toker im Bett liegen zu bleiben oder aufzustehen und zu frühstücken. Da hörte er, wie jemand die Tür einen Spalt weit öffnete.

»Doch, jetzt ist er wach«, sagte Mama. Und

dann kamen sie alle zu ihm herein, Mama und Papa und Prick, und Mama brachte das Frühstück für ihn auf einem Tablett.

Er wurde plötzlich unruhig.

»Ich bin doch nicht krank?«, sagte er.

Mama war phänomenal. Sie merkte, dass man Fieber hatte, lange bevor man es selber wusste, und dann steckte sie einen ins Bett, ob man wollte oder nicht. Aber dann wieder, an gewissen Tagen, wo man eine Geographiearbeit schrieb oder ähnliche Klassenarbeiten und man lag da und bildete sich ein bisschen Fieber ein, ja, fühlte sich auch tatsächlich richtig heiß und krank, da sagte sie nur: »Keine Dummheiten! Aufstehen und anziehen!«

Jetzt stellte sie das Tablett vor ihn auf das Bett und sie sagte nicht einmal, Toker sollte in seinem Körbchen liegen, sie lachte nur.

»Nein, du bist nicht krank. Aber Papa sagt, du hast trotzdem Schinken und Eier verdient.«

Sein Vater schwenkte die neueste Nummer der Västanviker Zeitung, die er in der Hand hielt.

»O Rasmus, du solltest die Zeitung lesen! Du wirst staunen!«

»Ist die Anzeige drin?«, sagte Rasmus eifrig.

Papa nickte. »Ja, selbstredend, aber . . .«

Prick hatte sich über Toker hergemacht. Sie nahm ihn in die Arme und streichelte ihn stürmisch.

»Geliebter kleiner Toker, ist es denn wahr, du

bist wirklich wieder da? Weißt du, dass du gebeten wirst Västanvik 182 anzurufen? Tu es, damit wir sehen, wie du das machst.«

Rasmus ließ sie gewähren. Zwar war es *sein* Hund, aber Prick hatte heute Morgen noch geschlafen, als er mit ihm nach Hause gekommen war, da musste er sie jetzt ein bisschen lassen.

Nur Mama war wach gewesen und sie war so glücklich über Toker gewesen, dass sie geweint hatte. Und dann hatte sie auch ein bisschen geweint, weil Rasmus weg gewesen war und Jagd auf Silberdiebe gemacht hatte.

Aber jetzt weinte sie nicht, sondern hatte Schinken und Eier für ihn und frisches Weißbrot, herrlich! Rasmus machte sich mit gutem Appetit darüber her.

Papa stand neben dem Bett und hatte die Zeitung aufgeschlagen.

»Hör bloß«, sagte er.

»Ich kann sie auswendig«, sagte Rasmus, den Mund voll Schinken, »Toker, kleiner Rauhaardackel, entlaufen ...«

»Du Dummerchen«, sagte Papa. »Letzte Neuigkeiten«, las er. »Die Silberdiebe festgenommen. Fantastische Leistung der Vereinigten Alteisen-AG ...«

Rasmus sperrte die Augen auf.

»Steht da was über uns in der Zeitung? Die haben anscheinend nicht viel zu schreiben gehabt!«

Sein Vater sah ihn vorwurfsvoll an.

»Das sagst du von der ›Räubergeschichte des Jahrhunderts‹? Ja, so nennt die Zeitung das nämlich, nicht ich!«

»Und die Zeitung kam fünf Stunden zu spät, nur weil sie das noch bringen wollten«, sagte Mama.

Prick sah ihren Bruder bewundernd an.

»O ja, du, du bist ein richtiger Held, falls du das noch nicht weißt. Und Pontus auch.«

»Tsss«, machte Rasmus. Er war froh, dass außer Pontus und ihm niemand wusste, wie es gekommen war, dass sie Helden geworden waren. Dass nicht einmal der PM und Papa etwas von der »Rettungsmannschaft für die Opfer der Liebe« wussten, sondern dachten, sie wären nur zu von Renckens reingeklettert um zu beobachten, was Ernst und Alfredo da gerade vorhätten. Wenn nun das von dem Ausverkaufskatalog auch in der Zeitung gestanden hätte, dann wäre wohl Pricks Freude nur halb so groß gewesen.

»Aber eins möchte ich doch mal wissen«, sagte Mama bestimmt. »Hör mal, mein Kleiner, wieso warst du eigentlich Donnerstagnacht unterwegs?«

Aha, jetzt kam das, worauf er die ganze Zeit gewartet hatte! Er steckte sich einen großen Happen Schinken in den Mund, um Zeit zum Nachdenken zu gewinnen, während er kaute.

Dann sah er seine Mutter mit treuherzigen Augen an.

»Du hast neulich selber mal gesagt, in diesen

hellen Nächten im Mai und Juni sollte man eigentlich gar nicht zu Bett gehen.«

Mama lachte.

»Aber das galt nicht für kleine Schuljungen«, sagte sie.

»Na ja, aber davon wollen wir jetzt nicht reden«, sagte Papa. »Man ist schließlich selber mal Junge gewesen und nachts um den Wigwam der Feinde herumgeschlichen.«

»Ich nicht«, versicherte Mama.

»Nee, aber dafür hast du auch niemals Silberdiebe festgenommen«, sagte Papa.

Als Rasmus allein und mit seinem Frühstück fertig war, las er in Ruhe alles durch, was über ihn und Pontus in der Zeitung stand. »Baron von Renckens Versicherung dürfte den beiden Jungen sicherlich eine Belohnung zuerkennen«, stand da. Au Junge, das klang blöde. Was für eine Belohnung konnte man schon von einer Versicherung erwarten? Eine Rüpelversicherung vielleicht, für den Fall, dass der Fußball mal danebenging? Gott sei Dank weiß ich, was für eine Belohnung Papa versprochen hat: Eis, so viel ich will, während des ganzen Frühlingsfestes!

Er las auch die Anzeige und war glücklich darüber, dass kein kleiner Rauhaardackel entlaufen war.

»Denk mal, Toker, da steht heute was über dich in der Zeitung, an zwei Stellen. Du bist ein Held, Toker. Wusstest du das?«

Toker blaffte leise. Es klang so, als wisse er es.

Dann sprang Rasmus aus dem Bett. Er wusch sich ziemlich gründlich und kämmte sich das Haar ganz unnatürlich lange. Das hatte er Alfredo versprochen. Dann zog er sich das Hemd und die blaue Leinenhose an und ging in die Küche.

»Nein, weißt du«, sagte Mama, »so kannst du doch nicht zum Frühlingsfest gehen! Du ziehst den Flanellanzug an!«

Rasmus war tief gekränkt. Nun hatte er sich weit gründlicher gewaschen und gekämmt, als angemessen war; aber das Opfer war vergebens, man beachtete es nicht einmal, sondern kam nur mit Einwänden wegen seines Anzugs.

»Wird Sonntagskleidung verlangt?«, fragte er erbost. »Dann bleib ich lieber zu Hause.«

Mama nickte.

»Soso, ja, dann bleib du nur zu Hause«, sagte sie.

Rasmus sah sie gekränkt an.

»Tsss, dann hab ich mich ja umsonst gewaschen.«

Mama untersuchte seine Ohren.

»Ich glaube, du hast dich ausnahmsweise mal ordentlich gewaschen, wie?«

»Ja, und noch dazu in den Ritzen«, sagte Rasmus.

Mama zog ihn an sich und strich ihm über das mit Wasser gekämmte Haar.

»Wie fein du gekämmt bist! Und das hast du ganz von allein getan? Du fängst doch nicht etwa schon an groß zu werden?«

Nein, das hatte er nicht von allein getan, er machte sich nichts daraus; aber es schien ein öffentliches Interesse daran zu bestehen, wie er gekämmt und angezogen und gewaschen war! Sogar alte Silberdiebe mischten sich da ein.

»Hast du gesehen, wie fein Prick ist?«, fragte Papa.

»Tsss, es ist doch wohl was anderes mit 'nem Mädchen«, sagte Rasmus.

»Wirklich?«, fragte Prick.

Sie stellte sich vor ihn hin und drehte sich. Sie hatte irgendetwas rosa Kariertes an und der Rock wippte so leicht. Rasmus gestand sich selber ein, dass Prick »hübsch« sei. Und Mädchen mochten es ja wohl gern, wenn sie so raschelten. Aber fröhlich sah Prick trotzdem nicht aus, nicht ein bisschen!

»Hoch den Kopf, Prick«, sagte Papa. »Man ist doch wohl vergnügt, wenn man zum Fest geht und aussieht wie eine Heckenrose?«

Prick stand vor dem kleinen Spiegel, den Mama in der Küche hängen hatte. Sie sah ihr betrübtes Gesicht und schnitt eine kleine Grimasse.

»Eine Heckenrose mit Sommersprossen auf der Nase, was?«

Um diese armen Sommersprossen, die sie jeden Frühling bekam, machte sie ein furchtbares Theater. Rasmus bekam auch immer Sommersprossen im Frühling, aber er merkte wahrhaftig nichts davon, dass sie im Weg waren. Das fand Mama auch nicht.

»Sommersprossen sind doch hübsch, Prick«, sagte sie.

Prick schnitt wieder eine Grimasse.

»Ja, Sommersprossen sind immer hübsch – bei anderen.«

Dann ging sie.

»Tschüs! Ich muss schon früher da sein, wir müssen noch proben.«

»Na, wie ist es nun?«, sagte Rasmus, als sie verschwunden war. »Darf ich die blaue Leinenhose anbehalten oder darf ich nicht?«

Papa schaute fragend zu Mama hinüber.

»Darf er sie nicht ruhig anbehalten ... als kleine Belohnung?«

Rasmus sah sie ebenfalls fragend an.

»Darf ich?«

Mama strich ihm wieder über das ordentlich gekämmte Haar.

»Als Belohnung für Eifer und Pflichterfüllung im Dienste des Landes ... braucht er zum Frühlingsfest nicht den Flanellanzug anzuziehen.«

»Sehr schön«, sagte Rasmus. Dann überlegte er einen Augenblick.

»Bestimmst du eigentlich hier im Haus alles, Mama?«, fragte er.

»Nein, da irrst du dich«, sagte sein Vater, »da irrst du dich gewaltig! *Früher* war es Mama, die alles bestimmte ...«

»Und jetzt nicht mehr?«

»Nein, jetzt, siehst du, jetzt ist Prick so groß geworden, jetzt haben wir eine so genannte Koalitionsregierung.«

Aber Mama lachte nur.

»Ach was, ich denke doch, Papa bestimmt. Und nun hat er bestimmt, dass wir uns beeilen sollen, damit wir loskommen.«

Da bellte Toker, um an seine Existenz zu erinnern, und Rasmus wurde eifrig.

»*Ich* möchte auch eine Sache bestimmen«, sagte er. »Ich möchte bestimmen, dass Toker mitdarf!«

Toker bellte kräftig. »Toker darf mit« – diese Worte sollten seiner Meinung nach etwas öfter angewandt werden in diesem Haus.

Mama bückte sich und streichelte ihn.

»Ja, das hat er wirklich nötig«, sagte sie, »nach

allem, was er durchgemacht hat. Aber du musst ihn natürlich an die Leine nehmen.«

Toker bellte. »Leine« war dagegen ein Wort, das sie ruhig abschaffen könnten.

Dann bellte er noch mehr, denn jetzt klopfte es an die Tür und herein trat Pontus, vergnügt und rotbackig . . . und in blauer Leinenhose.

Rasmus stürzte auf ihn zu und knuffte ihn. Das tat er, weil er sich so freute ihn zu sehen und weil Pontus die blaue Leinenhose anhatte und weil er selber anständig angezogen war, als Pontus kam, und weil Toker wieder zu Hause war und wegen einer Menge anderer Dinge, die ihm gerade nicht einfielen.

»Hast du gesehen, dass über uns was in der Zeitung steht?«, fragte Pontus eifrig.

Rasmus nickte. Und sie standen an der Küchentür und vergegenwärtigten sich all das Besondere, was sie erlebt hatten. Es wurde erst dadurch so besonders, dass es in der Zeitung stand, und sie guckten sich mit einem kleinen zufriedenen und verwunderten Lächeln an. Aber sie sagten nichts. Rasmus steckte nur die Hände in die Hosentaschen und streckte sich ein wenig.

»Es reicht wohl immerhin, dass Stig wenigstens für ein paar Tage Ruhe gibt«, sagte er.

Und dann gingen sie zum Fest.

Jedes Jahr, am letzten Sonntag im Mai, geben die höheren Lehranstalten von Västanvik ihr großes

Frühlingsfest im Stadtpark. Dann knattern die Fahnen blau und gelb und vaterländisch an ihren weißen Masten, dann singt der Schulchor: »Im Frühtau zu Berge«, dann spricht der Direktor so wunderbar über die Jugend und den Frühling. »O Jugend, wie bist du so schön«, sagt er mit seiner sanften Stimme und alle Mütter und Väter von Västanvik nicken beifällig. Das tun sie jedes Jahr. Denn die Jugend ist immer gleich schön, auch wenn die jungen Menschen wechseln. Er sagt es noch einmal, der alte Direktor, denn er hat wieder vergessen, dass er es schon gesagt hat. »O Jugend, wie bist du so schön«, sagt er und die Mütter und Väter suchen mit Blicken ihren Jungen oder ihr Mädchen.

Und manchmal kommt es vor, dass das Mädchen in rosa kariertem, frisch gestärktem baumwollenen Kleid auf der Musikempore sitzt, zwar schön, aber sehr traurig, während der Junge dagegen glücklich und gedankenlos, an einem Eis lutschend, herumstreift – in gebührendem Abstand, damit er nicht zuzuhören braucht, was der Direktor sagt. Und dann denkt die Mutter, elf Jahre sind doch ein herrliches Alter.

Das fand er auch, der Elfjährige.

»Du, hör mal, wir holen uns noch ein Eis«, sagte er zu Pontus. »Ich kauf Toker auch eins, er isst Eis so gern.«

»Ich hab schon zwei gegessen«, sagte Pontus.

»Tsss, das ist doch erst ein kleiner Anfang.«

Der Direktor hatte seine Rede jetzt beendet und die Pling Plong Players spielten, die Sonne schien und der Flieder blühte. Schon morgen begann er vielleicht zu welken, denn seine Zeit war vorüber. Aber heute lag sein süßer Wohlgeruch noch über dem ganzen Stadtpark.

Toker riss und zerrte an der Leine. Er machte sich nichts aus den Pling Plong Players. Aber Rasmus und Pontus wollten sie hören und auch sehen.

»Die spielen tatsächlich gar nicht so übel«, sagte Rasmus.

»Nee«, sagte Pontus. »Und hast du gesehen, wie Joachim die ganze Zeit Prick anstarrt? Was hat Prick übrigens gesagt, als sie ihr Foto zurückkriegte?«

Rasmus sah aus wie vor den Kopf geschlagen.

»Au Junge, ich hab ihr das Foto ja überhaupt nicht gegeben! Ich Blödmann, das hätte ich natürlich gleich tun müssen, als ich heute Morgen nach Hause kam.«

»Ja klar«, sagte Pontus. »Wie wird es nun mit dem Eis?«

»Das holen wir uns jetzt.«

Rasmus ließ sich von Toker mitziehen, wohin er wollte. Gleichzeitig hielten sie Ausschau nach einem Eismann. Da stießen sie mitten im Gewimmel auf Doktor Fröberg. Er kam so fein daher mit Spazierstock und neuem Sommeranzug, er sah ganz anders aus als in der Schule.

»Ah, sieh da, Rasmus Persson«, sagte er. »Und

Bruder Pontus. Die Helden des Tages, wenn man der Lokalpresse Glauben schenken darf.«

Er legte Pontus die Krücke des Spazierstocks um den Hals.

»Ja, ja, rechnen kann keiner von euch beiden. Aber deswegen können ja doch brave Kerle aus euch werden. Darf ich die Herren zu einem Eis einladen?«

»Danke«, sagten sie, »vielen, vielen Dank!«

Sie machten artig einen Diener und guckten sich verstohlen an. Es war schon komisch: Manchmal konnte man sich umbringen und man kriegte nicht das kleinste Eis, aber heute, da sie den ganzen Tag frei Eis hatten, da kam Doktor Fröberg an und lud sie ein noch mehr zu essen.

Er schenkte jedem einen Fünfziger und ging weiter, den Spazierstock schwenkend.

»Auf Wiedersehen, Rasmus Persson! Auf Wiedersehen, Bruder Pontus!«

Nachdem sie viele, viele Eis gegessen hatten und anfingen müde zu werden und das Fest sich seinem Ende näherte, zogen sie sich von der Welt zurück und setzten sich ins grüne Gras um auszuruhen.

»Wenn du versprichst hier zu bleiben, mach ich dich einen kleinen Augenblick los«, sagte Rasmus und gab Toker frei.

Es schien so, als ob Toker es verspreche. Er schnupperte geschäftig in den nahen Sträuchern herum und fand viel Interessantes. Aber dann entdeckte er plötzlich etwas noch Interessanteres. Weit weg bei der Musikempore entdeckte er Tessie und er lief los, so schnell ihn seine kurzen Beine tragen konnten.

»Toker, komm sofort her!«, schrie Rasmus.

Toker entschloss sich schleunigst, nichts gehört zu haben. Er rannte einfach weiter, aber da packte eine kräftige Hand ihn am Halsband und schleifte ihn schändlicherweise wieder zu seinem Herrchen zurück. Und sein Herrchen guckte böse, aber nicht auf Toker, sondern auf den, der ihn herbeischleifte.

»Aha, hier finde ich euch endlich«, sagte Joachim. »Die Vereinigte Alteisen-AG. Guten Tag! Wenn ihr wüsstet, wie froh Papa ist!«

»Wie schön für ihn«, sagte Rasmus mürrisch.

»Er kommt zu euch und bedankt sich, sobald er Zeit hat«, versicherte Joachim. »Ich darf euch vielleicht inzwischen zu einem Eis einladen?«

Pontus kicherte.

»Danke«, sagte Rasmus mürrisch, »wir haben keinen Bedarf an Eis!«

Joachim sah ihn an und lachte.

»Nicht? Na, aber trotzdem vielen Dank. Wenn ihr wüsstet, wie froh Papa ist!«

Rasmus sah ihn feindselig an.

»Das hast du schon mal gesagt. Wäre ja fein, wenn alle gleich froh wären.«

»Was meinst du damit?«, fragte Joachim. »Wer ist denn nicht froh?«

»Das geht dich nichts an«, sagte Rasmus. »Aber sie *wollte* überhaupt keinen Kuss von Jan haben! Sie hat sich gesträubt!«

Doch kaum hatte er das gesagt, da fuhr ihm ein Gedanke durch den Kopf. Wenn es nun mit Prick bloß nicht so war wie mit Frau Enoksson, als sie ihr über die Straße helfen wollten. Erst *wollte* sie und dann *sträubte* sie sich.

Joachim hatte so einen eigentümlichen Ausdruck im Gesicht.

»Kindermund tut Wahrheit kund«, sagte er. »Hm, ihr wollt also kein Eis haben?«

»Nee, danke«, sagte Rasmus. »Du mit deinem Ausverkaufskatalog!«

Da ging Joachim.

»Er geht anscheinend zur Terrasse«, sagte Pontus.

Der Stadtpark liegt hoch und hier gibt es eine Terrasse, die von großen, knorrigen Eichen beschattet ist. Unter den Eichen stehen zwei Bänke, und wenn man hier sitzt, sieht man ganz Västanvik zu seinen Füßen liegen mit dem alten Rathaus und der alten Kirche und dem ehrwürdigen Gymnasium. Um diese Jahreszeit ist es wirklich schön, es ist keineswegs verwunderlich, wenn Joachim zur Terrasse geht.

»Mir war so, als hätte ich Prick vorhin rübergehen sehen«, sagte Pontus.

Rasmus warf ihm einen langen Blick zu und dann legte er Toker an die Leine.

»Tja«, sagte er, »ob wir nicht mal raufgehen und uns ein bisschen die Aussicht angucken? Wir waren schon lange nicht mehr oben.«

Im Grunde kann er sich nicht erinnern, dass er sich jemals näher dafür interessiert hätte, aber gerade jetzt ist ihm nach Aussicht zu Mute.

Und darum gehen sie zur Terrasse, Rasmus, Pontus und Toker.

Sie nähern sich nicht plötzlich und sie gehen nicht ganz bis heran. Denn sie können schon von weitem erkennen, dass beide Bänke besetzt sind. Wenn das so ist, dann gibt es nur eins: sich hinter die Eichen stellen und warten, bis eine frei wird.

Auf der einen Bank sitzt jemand in rosa kariertem baumwollenen Kleid und auf der anderen jemand in hellgrauem Flanellanzug und sie betrachten mit der erstaunlichsten Beharrlichkeit die Aussicht. Zwar ist das Städtchen Västanvik gerade jetzt besonders schön, wo die Apfelbäume und der Flieder in den Gärten da unten blühen, aber deshalb braucht man diese Aussicht doch nicht bis in alle Ewigkeit anzustarren. Einmal sollte man wenigstens den Kopf wenden und sehen, wer auf der Bank nebenan sitzt. Aber nein, das tun diese beiden Leute ganz und gar nicht!

»Was, glaubst du, hab ich hier?«, sagte Rasmus und zog ein kleines Foto aus der Hosentasche. Es sah böse mitgenommen aus, man konnte kaum erkennen, was es darstellte, aber was drauf geschrieben stand, das war zu lesen und sie lasen beide: Sie, die Einzige.

»Er meint es vielleicht auch«, sagte Pontus und sah Rasmus in die Augen. Und Rasmus nickte entschlossen.

»Halt mal Toker einen Augenblick fest«, sagte er. »Ich bin gleich wieder zurück.«

Wie abwechslungsreich ist doch das Leben, wenn man elf Jahre alt ist! Heute ist man »Vereinigte Alteisen-AG«, morgen »Rettungsmannschaft für die Opfer der Liebe«. Wer hier hinter den Eichen auf der Lauer liegt, das ist keinesfalls die »Vereinigte Alteisen-AG«, falls jemand das vielleicht vermuten sollte, nein, es ist die »Rettungsmannschaft für die Opfer der Liebe«, die eben still und leise ein kleines Foto auf die Bank neben Prick legt.

Und nun betrachten sie die Aussicht, Rasmus und Pontus und vielleicht auch Toker. Nicht der große Blick über Västanvik, den haben sie nicht. Sie können nur die Bänke sehen und Prick und Joachim. Und nun können sie sehen, dass Prick die Arme um Joachims Hals gelegt hat.

Die Rettungsmannschaft kann zufrieden sein. Und das ist sie wohl auch.

Aber Pontus ist es irgendwie komisch unbehaglich zu Mute. Man stelle sich bloß vor, wenn man eines schönen Tages ebenso albern würde wie die beiden da auf der Bank, ohne dass man wüsste, wie es zugegangen ist. Er schüttelt besorgt den Kopf.

»Wenn man bloß nie *so* wird!«

Und Rasmus beruhigt ihn, Rasmus ist sich seiner Sache sicher.

»Nee, das kannst du glauben, *so* werden wir nie.«